원할 때는 가질 수 없고
가지고 나면 원하지 않아

원할 때는 가질 수 없고
가지고 나면 원하지 않아

박현욱 장편소설

문학동네

인생에는 두 가지 비극이 있다.
원하는 것을 갖지 못하는 비극, 그리고 원하는 것을 갖는 비극이다.
─오스카 와일드, 「윈더미어 부인의 부채」

차례

1. 하이네켄

봄이었고, 사월이었고, 스무날이었다. 해가 길어졌고, 노을 빛이 부드러워졌고, 밤은 포근해졌다. 사람들의 옷차림은 눈에 띄게 가벼워졌고, 화사해졌고, 짧아졌다. 벚꽃이 피었고, 만개했고, 이내 지기 시작했다. 하얀 벚꽃이 눈처럼 흩날리는 거리에서 사람들은 카페의 바깥 자리에 앉아 맥주를 마시고, 웃고, 떠들었다.

저물녘 합정역 부근이었다. 태주는 걸어가다가 손등에 따끔하면서도 날카로운 통증을 느꼈다. 담배를 피우며 걷던 사람과 손이 부딪히면서 담뱃불이 손등을 스친 거였다. 화난 얼굴로 그를 노려보았다. 세상에, 재하였다. 그는 뭔가에 부딪친 손의 감각과 태주의 입에서 나온 짧은 비명에 한순간에 상황을 알아차렸다. 곧바로 머리를 숙이며 "죄송합니다"라고 말하던 참이었다. 그의 말이 다 끝나기도 전에 서로를 알아보았다. 이런 게 가능한 건가. 길을 걷다가 담뱃불에 델 확률은 얼마나 될까. 그 상대방이 옛 친구일 확률은 또 얼마나 될까. 담뱃불에 덴 통증에 화가 일었지만, 여러 해 만에 만난 친구에게 화부터 낼 수는 없는 노릇이었다.

"이게 얼마 만이야!"

재하는 커다란 목소리로 말했다.

"미안해. 야, 이건 정말 미안한데, 덕분에 널 다 보네!"

태주는 쓰게 웃었다. 그들은 오랜만에 우연히 만난 사람들이 할 법한 얘기들을 잠시 나누었다. 몇 마디 하다보면 평상시 음성으로 돌아올 법도 한데 재하의 목소리는 여전히 컸다. 미안한 마음에 괜히 반가운 척하는 게 아니었다. 그는 정말로 반가워하고 있었다.

연락이 끊긴 이후 태주는 재하의 소식이 딱히 궁금하진 않았다. 재하 또한 그랬을 거라 생각했다. 사실 재하가 자신에게 연락하고자 했는지 그러지 않았는지조차 궁금하지 않았다. 이 또한 다르지 않았을 거라 생각했다. 그런데 재하가 자신을 보고 지나치게 반가워하자 태주는 조금 당황했다. 손등을 덴 건 자신인데도 살짝 미안한 마음마저 들었다.

태주는 재하를 보고 그 짧은 시간 동안 다른 생각을 했다.

이 넓은 서울 시내에서 이런 식으로 우연히 만난 사람이 정말 보고 싶었던 사람이면 더 좋지 않았을까. 그런 사람이 누군가 있었는데……

"잘 지냈어?"

재하의 어조에는 여전히 반가움이 묻어 있었다. 태주는 그 반가움이 어색했다.

"뭐, 그럭저럭. 너는?"

"나도, 뭐."

두어 해 전에 다른 대학 동창으로부터 재하의 근황을 들은 적이 있었다. 가장 빨리 결혼했고, 가장 빨리 이혼했다고. 그리고 또 부동산으로 돈을 많이 벌었다고.

태주는 기회가 되면 조만간 한번 보자고 말하고는 자리를 벗어나려고 했다. 재하는 태주를 붙들었다.

"조만간 보긴 뭘 조만간 봐. 급한 일 있는 거 아니면 지금 마저 봐."

"아니, 내가 지금……"

태주의 말이 끝나기도 전에 재하는 한쪽에 물러나 있던 여자를 불렀다. 여자는 무릎 아래로 살짝 옆트임이 있는 청록색 롱스커트에 하늘색 캔버스 운동화를 신고 있었다. 하얀 발목과 조금 지저분한 하늘색 운동화가 묘한 대조를 이루고 있었다. 동네 산책이라도 하는 듯한 편한 차림이었다. 그녀가 희고 긴 손가락으로 앞머리를 쓸어올리자 시원스러운 이마가 드러났다. 콧날은 단정했고 눈빛은 부드러우면서도 깊었다. 화장기 없는 하얀 얼굴이 늦은 오후의 햇빛에 환하게 빛나고 있었다.

재하는 두 사람을 서로에게 소개했다. 태주는 어색함을 감추지 못하고 명과 인사를 나누었다. 재하가 명에게 말했다.

"이 친구는 말이지, 아주 정직한 사람이야."

재하의 느닷없는 말에 태주가 눈을 크게 떴다.

"내가?"

정직한 사람이라니. 뭐, 내가 특별히 정직하지 못한 사람은 아니지만, 아니겠지만, 그래도 정직한 사람이라니. 요즘 누가 이런 표현을 쓴단 말인가. 태주는 생각했다. 도스토옙스키 소설에나 나올 법한, 그러니까 백여 년도 더 전에나 쓰였던 전형적인 인물 묘사 아닌가. 도스토옙스키의 「정직한 도둑」에서도 대놓고 누구를 정직하다고 하지는 않았을 텐데. 그리고 재하는 이런 어휘를 사용하는 친구가 아니었다. 태주가 기억하는 재하는 이렇게 말했을 것이다. 이거 은근 잘난 척하는 놈이야.

명은 눈을 반짝거렸다.

"재하씨한테 정직한 친구가 있단 말이야?"

재하는 싱글싱글 웃었다.

"내가 정직한 사람이니 정직한 친구가 있는 건 당연한 거지."

"뭐래. 어디서 또 사기를 치려고."

재하는 웃음기를 완전히 거두지 않고 말했다.

"이 친구는 말이야, 다른 건 몰라도 인간관계 쪽으로는 정말 정직해. 단번에 친해지지 않거든. 아주 조금씩 거리를 좁히는 걸 허용해. 서로에 대해 아는 만큼? 혹은 서로 시간을 같이한 만큼? 딱 그만큼만 친해지게 되는 사람이야. 안 보이면 멀어지는 거잖아. 근데 이 친구는 안 보여도 멀어지지 않는 사람이야. 남자들끼리는 우당탕탕 친해졌다가 우당탕탕 멀어지지. 이 친구는 달라. 남다르게 정직한 사람이야."

"그게 왜 정직한 거야?"

"친소 관계를 과장하지 않고, 축소하지 않고, 왜곡하지 않거든. 사람과 사람 사이에 그 이상 어떤 정직함이 더 있겠어."

긴 설명이 필요한 이야기는 대개 진실이 아니다. 태주는 '그러니까 너랑 나랑 친하지 않다는 얘기를 뭘 그렇게 복잡하게 하느냐' 말하려다가 참았다. 다만 재하가 자신에 대해서 한, 정직한 사람이라는 도스토옙스키적인 표현 말고 딱 그만큼만 조금씩 친해지게 되는 사람이라는 말은 어쩐지 마음에 들었다.

명도 그 말이 어쩐지 마음에 들었다. 명이 부드러운 낯빛으로, 부드러운 목소리로 말했다.

"정직한 태주씨, 같이 가요."

"아니, 오늘은 두 분이 시간 보내시고 다음에."

"그 다음이 오늘이에요."

"그러니까 오늘 말고 다음에요."

명은 여전히 부드러운 어조로 말했다.

"그러니까 우리가 언제 만나든 항상 오늘 만나는 거예요. 우리가 다음에 만난다 해도 그날이 되면 또 오늘이에요. 내일은 영원히 오지 않아요. 같이 가요."

태주도 명의 말이 마음에 들었다. 그녀가 말한 장난스러운 내용뿐 아니라 그녀가 말하는 방식이, 그러니까 짐짓 심각한 표정에 부드러운 목소리로 농담을 하는 묘한 부조화가 마음에 들었던 것이다.

재하가 태주의 팔을 붙잡고 걸음을 옮겼다. 다른 쪽 팔은 명이 잡았다. 두 사람이 납치라도 하듯이 태주의 두 팔을 하나씩 낚아챘다. 그런 상황이 재미있는지 명은 활짝 웃었다. 청록색 롱스커트의 갈라진 틈으로 명의 희고 늘씬한 다리 선이 나타났다가 사라지곤 했다. 왜 그랬는지는 알 수 없지만 일순간 태주는 행복 비슷한 것을 느꼈다.

카페의 테라스 자리에 앉자 살랑거리는 바람에 머리 위로 벚꽃 잎이 날아들었다. 저물어가는 햇빛에 하얀 벚꽃 잎들이 은은하게 빛났다. 명은 얼음 조각을 가져와서는 손수건에 싸서 태주에게 건넸다.

"아직 따끔거리죠? 화기를 빼야 할 텐데."

손수건을 받아 손등의 덴 부분에 얹으며 태주가 물었다.

"원래 이렇게 친절해요?"

명은 살짝 웃었다.

"아무에게나 이러진 않아요. 요즘 보기 드문 정직한 사람에게만 친절한 거예요."

"정직한 사람요? 저 친구 말을 다 믿어요?"

명은 다시 웃었다.

"어떨 거 같아요?"

화장실에 다녀온 재하가 끼어들었다.

"어어, 이 사람들이. 나 없을 때 내 얘기 하는 거야? 근데 나 믿지 마. 나도 나를 못 믿어. 잘 알잖아."

"그럼 태주씨는 정직한 사람이 아닌 거야?"

"그건 맞아."

"믿을 수 없는 사람이 이건 참이다, 라고 말하는 명제가 참일 리 없잖아."

재하는 머뭇거렸고, 태주가 끼어들었다.

"우리가 다른 사람들에 대해 하는 말들이 수학적 명제처럼 참 거짓으로 나뉘는 건 아니지 않을까요. 설령 참 거짓으로 구분 가능한 진술들이 있다 해도 인간은 본질적으로 비논리적인 존재라 구분이 무의미하기도 하고요. 다만 그와는 무관하게 니는 정직한 인간은 아니에요."

명이 말했다.

"스스로 정직하지 않다고 말하는 걸 보니 정직한 사람이 맞네요. 그러니까 재하씨는 참을 말하는 거짓된 인간이고 태주씨는 거짓을 말하는 참된 인간인 건가? 그런 두 사람이 어떻게 친해진 거야?"

"대학 다닐 때 같은 강의 들으면서 공동작업을 좀 했지."

"무슨 작업?"

재하는 머뭇거렸다.

"별거 아니고 과제물로, 정말 짧은 단편영화."

명의 눈이 커졌다.

"그런 것도 했단 말이야?"

재하는 짐짓 거들먹거렸다.

"그럼! 우린 예술가 출신이라고!"

태주는 웃으면서 말했다.

"예술가? 우리가? 그건 사실 영화도 아니고 그냥 홈비디오 같은 거였어."

재하도 웃었다.

"그러면 비디오 예술가인 걸로 하자."

그날 밤 세 사람은 자주, 크게 웃었다. 사소한 농담에 웃었고, 의견이 일치해서 웃었으며, 엉뚱한 이야기에 웃었다. 오래전부터 계속 알아온 사람들 같았다. 편하게 말하고 스스럼없이 웃었다. 봄날의 포근한 밤바람 탓이었을까, 눈부신 벚꽃 때문이었을까, 빠르게 비우고 비운 초록의 하이네켄 때문이었을까.

벚꽃이 흩날리는 봄날의 밤, 카페 테라스에 앉아 웃고 마시고 떠드는 사람들 중에 세 사람이 있고, 그 세 사람 중 하나가 자신임을 의식하고는 태주는 흐뭇해졌다. 술김에 마음속에 있던 말을 해버렸다. 흰 발목 아래 지저분한 하늘색 캔버스 운동화를 신은 단정한 콧날의 여자에게.

"신발 참 예쁘네요."

"네?"

태주는 한숨을 쉬듯이 말했다.

"촌스러운 별이 박힌 하늘색 운동화가 이렇게 예쁜 신발일 줄 누가 알았겠어요."

명은 아주, 아주 작은 미소를 지으며 말했다.

"태주씨는 정직한 사람이 아니에요. 한순간에 가까워질 수 있는 사람이에요."

태주는 말을 삼켰다. 테이블 위에 하나 둘 셋 늘어나는 초록색 하이네켄 병이 그렇게 예쁜 색깔일 거라고, 아니, 하얀 발목 위에 있는 치마의 청록이 조명 아래서 밝게 빛나는 하이네켄의 초록보다 더 예쁠 거라고 대체 누가 알았겠어요.

2. 메이데이

달이 바뀌었다. 오월의 첫날이었다. 휴일이었다. 재하는 태주에게 전화를 걸어 지난번의 그 카페로 나오라고 말했다. 태주는 그냥 집에 있겠다고 했지만 재하는 거듭 나오라고 말했다. 태주는 난색을 표했다.

태주는 재하로부터 다시 연락이 올 거라고는 생각하지 못했다. 또 만날 생각은 하지 않았다. 휴대전화 번호를 교환했지만 인사치레로 여겼다. 십수 년 동안 서로 연락 없이 지냈던 것은 다 그만한 이유가 있기 때문이다. 태주는 재하와 가까웠던 적이 없었다.

재하는 그 시점에서 태주를 불러낼 방법을 알고 있었다. 휴대전화를 명에게 넘겼다. 명이 말했다. 짧게.

"나와요."

태주는 망설이다가, 재하에게 했던 말을 되풀이했다.

"오늘은 그냥 집에 있어야 할 것 같아요."

조금 전보다 조금 더 명의 목소리가 높아졌다. 밝게.

"나와요."

태주는 망설였다.

"다음에 혹시 기회가 되면⋯⋯"

명은 태주의 말을 잘랐다. 즐거운 듯이.

"나와요. 얼굴 보고 할 얘기가 있어요."

하는 수 없다는 듯 태주는 나가겠다고 말했다.

샤워를 했고, 면도를 했다. 많지 않은 옷이었지만 고르는 데 시간이 걸렸다. 청바지에 연한 네이비색 라운드티셔츠를 입고 짙은 네이비색 재킷을 걸쳤다. 집을 나서서 곧바로 택시를 탔다.

태주가 카페에 도착했을 때 명은 자리에 없었다. 재하 혼자 앉아 있는 것을 본 태주의 눈에 실망감이 감돌았다.

불과 며칠 사이에 거리를 뒤덮고 까만 밤하늘 위로 춤을 추던 벚꽃 잎들이 모두 사라졌다. 고작 벚꽃 잎들만 보이지 않을 뿐인데 마치 봄이 단번에 사라진 것만 같았다. 그날 밤 흩날리던 벚꽃 잎들 사이로 감돌았던 마법 같은 분위기도 거짓말처럼 사라졌다. 재하가 앉아 있는 그곳은 그저 평범한 카페의 평범한 테라스였다.

"무슨 일이야? 이 밤에 집에 잘 있는 사람을 왜 불러내?"

"나는 네가 혼자 있지 않을 거라고 말했는데, 혼자 있을 거라면서 불러내래."

"내 말이 그 말이야. 집에 혼자 잘 있는 사람을 오밤중에 왜불러내는 거냐고."

"오늘이 네 생일이라고 했더니 연락해보래. 근데, 왜 생일에혼자 있어?"

태주는 당황했다.

"내 생일을 네가 어떻게 알아?"

"메이데이가 생일인데 그걸 어떻게 잊어."

"메이데이랑 너랑 무슨 상관이라고?"

"그때 우리가 만들었던 게 메이데이랑 많은 상관이 있었잖아."

"그건……"

예전에 만든 과제 영상에 노동절 집회 장면이 있었다. 영화의 마지막 장면은 활기찬 얼굴로 집회에 참석했던 여주인공이한밤중에 홀로 한강 다리 위에서 아래를 내려다보며 '메이데이, 메이데이, 메이데이'라고 중얼거리는 거였다.

시나리오는 태주가 썼다. 태주는 모두가 도움이 필요하지만 누구도 누구를 구원하지 못한다는 주제의식을 담았다고 말했다. 재하는 처음부터 반대했다.

"지금 때가 어느 땐데 메이데이야! 요즘엔 이런 거 안 먹혀. 서브컬처나 성 정체성이야. 여러 문화적 코드가 적당히 섞여 있는 무난한 얘기가 좋지 않아?"

태주는 짧게 대꾸했다.

"그럼 그런 걸로 네가 써 와!"

그들의 조에는 3학점짜리 교양 강의를 위해 시대에 어울리는 문화적 코드가 풍부한 시나리오를 써 올 만큼의 정성을 기울일 사람은 없었다. 다들 바빴다. 다른 수업 준비에, 알바에, 취업 준비에. 그나마 남는 시간에는 피시방에 가서 게임을 하거나 축구를 보거나 야구를 봤다. 다들 시나리오를 쓰는 것보다는 게임을 하거나 스포츠 경기를 보는 쪽을 바랐다. 재하와 태주는 게임이나 스포츠에 관심이 없었다. 그 남는 시간에 재하는 여자를 만났고 태주는 책을 읽었다.

태주 역시 처음부터 시나리오를 쓰려 했던 것은 아니었다. 조원은 총 여덟, 그중 여학생은 둘이었다. 경과 연. 눈에 띄는 사람은 연이었다. 미인이었으니까.

태주의 눈에는 경이 들어왔다. 안경 뒤의 눈은 크지 않았고 코는 높지 않았다. 평범해 보이면서도 어딘지 이지적인 느낌의 외모였다. 말수가 많지 않았지만 몇 번의 조별 모임을 통해 영화를, 또 책을 좋아한다는 것을 알 수 있었다. 태주가 열심히 시나리오를 쓴 것은 순전히 경의 눈에 띄고 싶어서였다. 재하는 처음부터 여자들의 눈길을 끄는 타입이었다. 굳이 시나리오를 쓰지 않아도 되었다.

중간고사는 시나리오 제출이고 기말고사는 영상물 제출이었다. 태주의 시나리오를 제출하는 데 모두 동의했다. 촬영도 태주에게 일임했다. 모두 바빴으니까.

젊은 강사는 학생들에게 6mm 디지털 캠코더 두 개를 빌려주겠다고 말했다. 일정상 캠코더를 쓸 수 있는 기간은 조별로 일주일 남짓이었다. 과제물의 의의는 직접 한번 해본다는 데에 있다고 강사는 설명했다. 시나리오 한번 써보고, 캠코더 들고 촬영 한번 해보고, 캠코더 앞에서 연기 한번 해보고, 편집 프로그램 한번 돌려보는 걸로도 영화를 보는 눈이 이전과는 달라질 거라고 했다.

태주는 꼼꼼하게 계획을 짰다. 태주는 촬영은 딱 하루면 된다고 말했다. 집회 신을 찍기 위해 노동절 당일에 해야 했다. 십 분 분량의 영상을 만들기 위해 아침 일찍부터 모였다. 하루종일 촬영과 이동이 반복되었다. 밤이 되어서야 끝났다.

뒤풀이 술자리였다. 나이가 많다느니 적다느니 빠른 생일이라느니 몇 월생이냐느니 재수했다느니 하는 얘기 끝에 태주의 생일이 당일이라는 게 밝혀졌다. 재하는 초코파이보다 네 배가량 큰 케이크를 사왔다. 초를 꽂고 태주에게 불라고 했다.

술자리가 막바지에 이를 무렵 재하 쪽 자리에서 큰 목소리가 터져나왔다.

"너! 그따위로 살지 마!"

경이었다. 그녀는 자리를 박차고 일어났다. 그러고 나서는 돌아오지 않았다. 비단 술자리에만 돌아오지 않은 것이 아니었다. 그날 이후 강의에도 들어오지 않았다. 경은 휴학했다.

그날 경이 나가서 돌아오지 않은 이유는, 그쪽 자리에 앉았던 이의 말에 의하면, 재하가 연과 잤다는 것을 알았기 때문이었다. 그리고 재하와 연이 자기 전에, 혹은 그 이후에 경도 재하와 잤기 때문이었다.

태주를 제외한 다른 조원들은 모두 재하를 비난했다. 그러나 어쩌면 그들은 재하를 내심 부러워했을지도 모른다. 연은 그 자리에서는 가만히 있었다. 다른 한편으로는 그날 화내야 했던 사람이 자신이 아님을 다행으로 여기기도 했다. 그 몇 달간 연은 재하와 커플로 지냈다.

태주는 재하를 비난하지 않았다. 재하는 그걸 알고 있었다.

태주가 재하를 비난하지 않았던 것은 초코파이 네 배만한 케이크 때문이 아니었다. 비난 정도로는 치솟는 화를, 아니 화라는 단어로 담겨지지 않는 솟구치는 감정을 표현할 수 없기 때문이었다. 부러움 정도로는 끓어오르는 질투심을, 질투라는 말로 담을 수 없는 그 강렬한 감정을 나타낼 수 없기 때문이었다. 재하는 그 또한 알고 있었다.

경을, 경 같은 여자를 그렇게 아무렇게나 만나서는 안 되는 일이었다. 그러나 재하에게 뭔가 강한 대응을 하기에는 경과 자신은 아무 사이도 아니었다. 더 큰 문제라면 앞으로도 그러하리란 것이었다. 경은 아마도 향후 몇 년간은 재하를 알고 있는 자신과 만나지 않을 것이었다.

이윽고 명이 나타났다. 그녀는 조금 헐렁해 보이는 워시드 진에 카키색 단화를 신고 있었다. 청바지 차림도 잘 어울린다고 태주는 생각했다. 그녀의 옷차림은 그녀가 손에 든 파란색 케이크 상자와도 잘 어울려 보였다.

명은 태주를 반겼다. 자리에 앉아 상자를 열고 빨갛고 커다란 딸기가 올려진 새하얀 생크림 케이크를 꺼냈다.

태주는 손사래를 치면서 과장된 어조로 말했다.

"나한테 왜 이러는 거야. 당신들한테 내가 뭘 잘못했다고."

명이 말했다.

"생일에 혼자 있는 게 잘못이에요."

"그게 왜 잘못인가요? 다른 사람 시간도 안 뺏고 도와주는 거죠. 이러면 나중에 당신들 생일이라고 연락왔을 때 내가 안 가겠다고 거짓말하기 불편해지잖아요."

"제 생일 때는 아무도 안 부를 거예요."

"그건 또 무슨 말이에요?"

"내 생일을 알고 있는 사람들과는 멀어졌고, 내 생일인지도 모르는 사람들을 굳이 부르고 싶은 생각도 없어요."

태주는 흠칫했다. 명이 한 말이 곧 생일에 왜 혼자 있느냐는 질문을 받았을 때 머릿속에 있던 대답이었다.

"본인은 그렇게 혼자 보낼 거면서, 혼자 잘 있는 사람을 불러냈어요?"

명은 초에 불을 붙이면서 놀리는 듯한 어조로 말했다.

"보안 유지에 실패한 대가예요."

그러고는 나직하게 다시 말했다.

"서른다섯의 생일을 축하해요."

명의 말에 태주는 문장 하나가 떠올랐다.

나이 서른다섯이면 인생 경주에서 물러나야 한다. 인생이 경주라면 말이다.[*]

외젠 이오네스코의 『외로운 남자』는 이 문장으로 시작된다.

---

[*] 외젠 이오네스코, 『외로운 남자』, 이재룡 옮김, 문학동네, 2010, 7쪽.

태주는 스물에 이 문장을 읽었다. 그때는 서른다섯이란 아득한 나이였다. 어른의 나이였다. 얼마든지 인생의 경주에서 물러날 나이일 수 있겠다 싶었다. 이제 정확히 서른다섯이 되었다. 서른다섯인데 자신의 인생의 경주는 여전히 출발점에 머물러 있다는 생각이 들었다. 대학 졸업 후 취업 준비와 취직과 전직으로 십 년이 금방 지나가버렸다.

대학 졸업 즈음 태주는 대학원에 가고 싶었다. 석사 마치고 박사까지 하게 될까. 유학을 갈 수 있을까. 사회대 석사과정 혹은 박사과정의 학생이 스스로 벌어 먹고살 수 있을까. 태주는 현실적인 선택을 했다. 대학원 대신 국비로 지원되는 육 개월 과정의 코딩 아카데미를 수료했다. 과정이 끝난 후 제일 큰 회사들부터 시작해 여러 기업체에 차례로 떨어지면서 계속 사설 학원에 다녔다. 거의 일 년 가까이 수많은 곳에 떨어진 뒤에야 작은 IT 업체에 취직할 수 있었다. 매일이 야근이었다. 주말에도 일을 해야 했다. 누가 시켜서 하는 야근이 아니었다. 업무량을 채우려면 그렇게 해야 했다.

삼 년쯤 다니자 밤늦게까지, 휴일까지 모니터를 들여다보는 일이 지긋지긋해졌다. 퇴사했다. 아무 생각 없이 두어 달 쉬고 있었는데, 이전 회사의 팀장에게서 연락이 왔다. 프로젝트팀을 만든다고 했다. 태주는 프리랜서 직원으로, 그러니까 계약직으로 합류했다. 이 년쯤 야근을 밥먹듯 하고 나자 또다시 일이 지겨워졌다. 뭔들 못하겠나 싶어 그만두었다. 하지만 몇 달 쉬는 중에 다른 팀장급 선배가 새 프로젝트를 맡았다면서 호출했다. 비슷한 생활이 다시 시작되었다.

처음부터 대학원에 진학했으면 어땠을까 하는 생각이 가끔 들기도 했다. 아예 다른 전공으로 유학을 갔으면 또 어땠을까 하는 생각도 들었다. 몇 년간 모인 돈도 약간 있는데 이제부터라도 유학 준비를 할까 하는 생각도 들었다. 그러면서 이 년여의 시간이 훌쩍 지나갔다. 몇 주 전에 태주는 또 직장을 그만두었다. 무얼 해야 할지 알 수 없었지만 뭔가 새로운 걸 시도하더라도 삼십대에 해야 할 것 같았다.

사이사이에 있던 짧은 연애는 결혼으로 이어지지 못했다. 경이 생각날 때가 가끔 있었다.

안정적인 직장도, 안온한 가정도 훗날의 일이었다. 어쩌면 그 인생의 경주는 이미 끝나버렸는지도 모른다. 부모 잘 만났다는 누구는, 배우자 잘 만났다는 누구는, 사업 파트너 잘 만났다는 누구는 이미 모든 것을 가지고 있었다. 태주는 그들이 크게 부러웠던 적은 없었다. 서로 다른 사람이니 다른 삶일 수밖에 없었다. 그들의 삶과 자신의 삶이 다를 뿐이었다. 하지만 이번에는 조금 달랐다. 또다시 태주는 재하에 대해 부러움 이상의 부러움을 느꼈다. 같은 레이스에 재하가 있다면 이길 수 없을 것이다. 레이스의 끝에 그녀가 있는 것이라면 말이다. 사랑이 경주라면 말이다.

　재하가 말했다.

　"이제 앞으로 반년 정도 우리 모두 만 나이로 서른다섯 동갑
이야."

　재하는 명을 한번 보고 짐짓 손을 들어 입을 가리고는 태주
쪽으로 얼굴을 돌려 작은 목소리로 말했다.

　"우리보다 한 살 많아."

　"다 들려!"

　명의 목소리는 높고 경쾌했다.

　"한 살이 아니라 몇 달 정도 차이예요. 재하씨가 양자리, 태
주씨가 황소자리, 저는 전갈자리."

　전갈자리와 황소자리는 잘 맞을까? 양자리와 전갈자리는
잘 맞을까?

　명은 말을 이었다.

　"어서 촛불을 꺼요. 축하 노래도 부를까요?"

　"노래까지? 절 죽일 셈인가요?"

　재하가 모두의 잔을 채웠다. 데킬라였다. 그가 목소리를 키
워 말했다.

　"죽여주지. 데킬라로!"

　모두 레몬 한 조각을 손에 들었다. 재하가 외쳤다.

"원샷!"

단숨에 세 사람의 잔이 비워졌다. 속이 뜨거워졌다.

소금을 손등에 올려놓았다. 명이 목소리를 높였다.

"원샷!"

단숨에 세 사람의 잔이 비워졌다. 정신이 아득해졌다.

인스턴트커피 가루를 손등에 올려놓았다. 태주도 외쳤다.

"원샷!"

단숨에 세 사람의 잔이 비워졌다. 눈물이 날 듯 행복해졌다.

태주는 기시감에 아찔해졌다. 다시금 마법 같은 밤이 펼쳐지려 하고 있었다.

태주는 깨달았다. 마법 같은 밤은 밤하늘의 벚꽃 때문도, 초록의 하이네켄 때문도, 레몬 조각과 소금과 커피 가루의 데킬라 때문도 아니었다. 오로지, 오로지, 오로지.

*

날이 두 번 바뀌었다. 일요일이었고 늦은 오전이었다. 느지막이 일어난 태주는 물끄러미 창밖을 바라보았다. 깨끗하게 파란 하늘 아래 산뜻한 햇빛이 여린 연둣빛 나뭇잎들 위로 스쳐 부서지고 있었다.

휴대전화가 울렸다. 재하의 이름이 떴다. 태주는 전화를 받고는 애써 반가움을 누르며 무심하게 말했다.

"이 시간에 왜?"

"냉면 먹으러 가자고 하네."

태주는 뜬금없다고 생각했다. 하지만 재하의 말에서 생략된 주어가 명이라면 냉면이 아니라 무엇이라도 좋았다.

정오가 조금 넘은 시간에 합정의 거리에서 흰색 S클래스 벤츠 한 대가 미끄러지듯 태주 앞에 섰다. 조수석에는 명이 타고 있었다. 도어가 묵직했다. 태주를 태운 차는 곧바로 자유로로 접어들었다. 태주는 의아해했다.

"어디로 가는 거야?"

재하가 말했다.

"일산. 날이 더 더워지면 줄 서야 한대."

태주는 더 의아해졌다.

"일산까지 가서, 줄까지 서면서 냉면을 먹는 거야?"

명이 뒤돌아보며 말했다.

"일산 금방이에요. 줄 서서 기다리는 것도 금방이에요."

크지 않은 가게는 손님들로 꽉 차 있었다. 평양냉면과 제육을 앞에 놓고 명은 재하와 태주의 잔을 채웠다. 재하는 때마침 걸려온 전화를 받아야 한다며 잔만 채워놓고는 밖으로 나갔다.

"대낮에 술을? 냉면에 소주를 같이 마시는 건 처음이네요."

명은 우선 면기를 들어 국물을 조금 마셨다. 그러고는 면을 살살 풀면서 만족감과 기대감이 뒤섞인 미소를 지었다.

"소주를 좋아하진 않아요. 그래도 냉면에는 소주예요."

"냉면에 소주를 마신다고요?"

"메밀국수는 소주하고 좋아요. 예전에 남북정상회담 때 북쪽 위원장이 한 말이에요. 정상회담 때 나온 고급 정보니까 확실해요."

태주는 웃으면서도 고개를 갸웃거렸다.

"아무리 대통령과 위원장의 회담이라고 해도, 메밀국수에 소주라고요?"

미소를 머금은 채로 명이 말했다.

"양질의 고기 국물이니 소주와 어울려요. 또 메밀국수는 어떤 다른 면들에 비할 바 없이 풍미가 좋고요."

"고기 국물이라 해도 차갑잖아요. 따뜻한 국물이 소주와 잘 맞는 거 아닌가요?"

명은 혀를 찼다.

"북남 간에 이렇게 불신이 가득해서야."

태주는 웃으며 대꾸했다.

"남북 평화를 위해 평양냉면에는 소주여야 하는 거네요."

재하는 돌아오지 않고 있었다. 명이 말했다.

"먼저 한잔해요. 안주라고 생각하고 면 몇 가닥만 들어서 육수를 듬뿍 적셔 먹어봐요."

태주는 잔을 가볍게 부딪치고는 소주를 한 모금 마셨다. 빈
속을 타고 내려가는 느낌이 짜릿했다. 앞을 보니 명은 빈 잔을
내려놓고 있었다.

"원샷? 벌써부터?"

"첫잔만 그러는 거예요."

명은 젓가락으로 면 몇 가닥을 집어올린 뒤 두세 번 더 육수
에 적셔서 먹었다. 명의 얼굴에 웃음이 퍼져나갔다. 태주는 명
을 따라 했다. 깔끔한 맛의 육수에 소주의 쓴맛이 사라지고,
뒤이어 메밀 향이 입안에 남아 감돌았다.

"이게 이런 맛이구나. 좋은데요." 태주는 감탄했다.

"그렇다니까요." 명은 기꺼워했다.

"바로 앞에서 맛있게 먹는 걸 봐서 그런가."

두번째 잔부터 명은 천천히 마셨다. 소주 약간에 면기를 들
고 육수 한 모금. 태주는 또 명을 따라 했다. 명이 말했다.

"육수 맛이 달라요. 육수를 수저로 떠먹는 거하고 이렇게 그
릇째 들고 먹는 거하고."

"정말요?"

"맛이라는 것도 느낌인데 입안 가득할 때의 느낌과 한 스푼
머금었을 때의 느낌은 다를 수밖에요."

소주 약간에 한 점의 제육. 태주는 명을 따라 했다. 명이 말

했다.

"보통 제육보다 수육이 괜찮은 집들이 많은데, 여기는 독특하게 제육이 수육보다 나아요."

"냉면집들 많이 다녔나봐요."

"아빠가 좋아해서 어려서부터 먹었거든요."

명이 두번째 소주병을 땄을 때 재하가 들어왔다.

"이 사람들이 대낮부터 달리는 거야?"

그제야 태주는 재하가 자리를 비우고 있었다는 사실을 깨달았다. 재하가 다시 들어왔다는 사실도 깨달았다. 태주에게 갑자기 어떤 먹먹함이 밀려왔다. 이제 평양냉면을 보면 소주가 떠오를 것이다. 평양냉면에 소주면 명이 떠오를 것이다. 첫잔을 단번에 비우고 몇 가닥의 면을 육수에 듬뿍 적시는 모습이, 소주 한 모금에 면기를 들고 입으로 가져가는 모습이. 남북 정상의 대화도. 메밀국수에는 소주가 좋고, 그리고 내게는.

"냉면 진즉에 나왔는데 무슨 통화가 그렇게 길어?" 명이 물었다.

"클라이언트가, 일이 좀 있어서." 재하는 말을 흐리고는 자기 앞에 놓인 술잔을 단번에 비웠다. 그러고는 제육 한 점을 썹으면서 명에게 물었다.

"태주 어때?"

"갑자기?"

난데없는 물음에 명은 고개를 갸웃거렸고 태주는 귀가 쫑긋해졌다.

이윽고 명이 대답했다.

"어딘지 무심해 보이는 스타일?"

또 한 잔을 단번에 비우고 재하가 말했다.

"얘가 원래 그랬어." 그러고는 잠시 생각하더니 한마디 덧붙였다. "그건 뭐랄까, 누구에게도 무해한 무심함이야."

명이 말했다.

"어떤 관계에서는 무심함이 해가 될 수도 있으니, 태주씨가 무해하게 무심하다면 사람들이 태주씨와 충분히 가깝지 않은 게 아닐까? 우리도 그런가?"

태주는 고개를 저었다.

"아니요. 지금 과하게 가까워요. 충분히 과해요."

태주의 반응에 명이 웃으면서 다시 물었다.

"대학 때도 둘이 과하게 가까웠어요?"

재하가 대답했다.

"나는 이 친구를 좋게 봤던 것 같아. 뭔가 스타일이 있었어."

"내가?"

"다들 어떤 식으로든 자기를 어필하려고 하잖아. 근데 이 친구는 이상하게도 그런 게 없었어. 어필 안 하는 걸로 어필하는 스타일?"

"내가?"

"기대감을 없앤 뒤에 안타를 치는 스타일이랄까."

"내가?"

명이 웃었다.

"태주씨가 반문하는 게 웃겨요."

재하가 말했다.

"이런 식으로 가만히 있다가 한마디 툭 던지면 그게 웃겼다니까. 많이 웃기진 않았고, 조금. 전혀 안 웃긴 말들인데도 이상하게 조금 웃겼어."

명은 이번에는 태주에게 물었다.

"재하씨는 어떤 사람이었어요?"

재하가 끼어들었다. "대답 잘해라."

태주는 잠시 생각한 뒤에 말했다.

"뭐랄까, 잘생긴 사람이었어요."

명이 다시 물었다.

"여자들에게 인기가 많았어요?"

또 잠시 생각한 뒤에 태주가 대답했다.

"생긴 게 성격을 넘어서는 타입이랄까요."

명이 또다시 물었다.

"생긴 게 성격을 넘어서는 타입이라는 건 뭐예요?"

태주는 중요한 얘기라도 하듯 목소리를 낮추었다.

"사실 제가 방금 생각해낸 타입이라서요. 웬만한 성격적 특징이나 장단점보다 외모가 더 두드러지는 타입을 말하는 거예요."

또다시 묻는 명의 목소리에 즐거움이 묻어나왔다.

"그런 타입의 성격적 특징이 있나요?"

"성격적으로 어떤 특징이 있는지 알 만큼 가깝지는 않았고, 다만 다른 사람들이 재하에 대해서 일관되게 기억하는 특징이 바로 잘생겼다는 거예요. 무얼 해도 기억에 남는 건 쟤, 잘생겼지, 하는 느낌 같은 거요. 특히 여학생들에게 그랬어요. 본인도 그걸 알고 있었을 거예요."

명은 짐짓 재하를 흘겨보았다. 그 눈빛에 태주의 마음이 쿵하고 내려앉았다. 재하는 손사래를 쳤다.

"아냐, 아냐. 그렇지 않아."

명의 얼굴은 다시 태주를 향했다.

"그럼 태주씨는 어떤 사람이었어요?"

재하가 끼어들었다. "얘는 무심했다니까."

명은 계속 태주를 바라보며 말했다.

"그 얘기는 들었고. 본인 생각은 어때요?"

태주는 또 잠시 생각한 뒤에 말했다.

"나도 생긴 게 성격을 넘어서는 타입이었던 것 같아요."

"태주씨도 잘생겼다고들 했어요?"

명의 눈이 반짝거리는 것처럼 보였다.

"잘생겼다는 말은 들어본 적이 없어요. 그런 게 아니라 어릴 때부터 친구들이 나에 대해 과묵하다고들 하거든요. 아무리 말을 많이 해도 지나고 나면 나를 말 없던 친구로 기억하는 거죠. 왜 그런가 생각해보니 나처럼 생기면 그렇게 보이나봐요. 멍하니 있으면 무슨 생각을 그렇게 깊이 하느냐고 물어들 봐요. 정말 멍하니 있는 건데 말이에요. 사실대로 말하면 안 믿어요. 지어내기도 난감해서 가만히 있으면 그게 또 과묵해 보이나봐요."

"캐릭터를 능가하는 외모라는 게 또 그런 의미도 있네요. 태주씨, 정말 재미있어요."

명은 활짝 웃었다. 그러고는 사이를 두고 말했다.

"그런데 태주씨 잘생겼어요."

명의 말에 다시 태주의 마음이 쿵 하고 내려앉았다. 태주는 앞에 놓인 잔을 들어 서둘러 입안에 털어놓고는 내려놓았다. 쿵.

태주는 말을 돌렸다.

"마시면 마실수록 메밀국수에 소주가 참 괜찮네요."

명이 활짝 웃었다.

"맞아요!"

앞으로 육수를 듬뿍 적신 몇 가닥 메밀국수가 더할 나위 없이 좋은 안주라고 생각하게 될 것이다. 그리고 입안에 오래 남아 감도는 메밀 향은 명을 떠올리게 할 것이다. 명의 말 한마디에 쿵 내려앉은 마음이 떠오를 것이다. 내려앉은 마음 저 아래, 하지 못한 말이 떠오를 것이다.

*

날이 두 번 지나갔다. 어린이날이었다. 오후였다. 태주와는 무관했지만, 샌드위치데이를 포함한 기나긴 연휴의 마지막날이었다.

재하는 태주에게 전화했다.

"망원에 맛있는 커피 집 있다고 가보자는데?"

생략된 주어를 감안하면 커피 아니라 무엇이든 좋았다. 태주는 흔쾌히 나가겠다고 말했다.

날이 좋았다. 거리에 햇살이 쏟아지고 있었다. 골목에 주차된 자동차들 위로 쨍한 햇빛이 튀어올랐다.

태주가 합석하자 명은 태주에게 커피를 사겠다며 무얼 마시겠느냐 물었다.

"여기는 카푸치노가 맛있어요."

"그럼 그걸 마셔볼까요."

재하가 말했다.

"나는 아이스 아메리카노."

명이 재하에게 말했다.

"차가우면 커피 맛이 덜 느껴질 텐데, 기왕 맛있다는 집에 왔으니 따뜻한 걸로 마셔보지?"

재하가 대답했다.

"커피는 시원한 맛으로 마시는 거야."

오래지 않아 커피가 나왔다. 카푸치노를 한 모금 맛본 태주의 눈이 커졌다. 뜻밖에 맛이 좋았다. 명이 물었다.

"괜찮아요?"

"맛있어요. 신기하네요."

"뭐가 신기해요?"

태주는 고개를 갸웃거리며 거품 위에 시나몬 파우더가 뿌려진 카푸치노 잔을 바라보았다.

"에스프레소도 안 좋아하고 우유도 안 좋아하는데 그 두 개를 합쳐놓았더니 분명 에스프레소 맛도 있고 우유 맛도 있는데 그 둘이 아닌 전혀 다른 훌륭한 맛이 나오네요."

태주의 대답에 기꺼워하면서 명이 물었다.

"태주씨는 휴일에 뭐해요? 우리 안 만났으면 지금쯤 뭐하고 있었을까요?"

태주는 명에게 시선을 돌렸다.

"책이나 읽으면서 시간 보내고 있었을 거예요"

명은 나지막하게 탄성은 반했다.

"휴일에 책을 읽는다는 남자를 본 게 언제인지 모르겠어요. 아니, 처음인가."

태주는 겸연쩍어했다.

"책을 좋아한다기보다 그저 시간 때우는 거예요."

"게임에 SNS에 인터넷으로 시간 때우는 세상에 그 정도면 시간 때우기 이상이에요. 요즘에는 무슨 책 읽어요?"

"『미국의 송어낚시』라고."

"나올 때마다 절판된다는 소문의 책!"

"얼마 전에 다시 나왔어요. 또 언제 절판될지 몰라서 얼른 샀죠."

이번에는 재하가 말을 가로챘다.

"날이 이렇게 좋은데 책 이야기나 하고 있는 거야?"

명은 대화가 끊기는 것을 아쉬워했다.

"책 이야기 하기에도 더할 나위 없이 좋은 날이야."

하지만 재하는 명과 태주가 책으로 돌아가는 것을 막았다.

"송어 낚시 책보다 더 좋은 게 있어."

재하는 두 사람을 채근해서 자리에서 일어났다. 차에 태우고는 시동을 걸고 출발했다. 어수선함이 가라앉은 뒤에 태주가 말했다.

"우선 그건 송어 낚시 책이 아니야. 그리고 그 책보다 더 좋은 게 뭔데?"

"송어를 먹는 거지."

신호등 앞에서 재하는 내비게이션에 목적지를 입력했다. 뒷좌석에서 내비게이션을 본 태주가 놀랐다.

"구십 킬로나? 어디까지 가는 건데?"

명도 재하를 타박했다.

"아니, 너무 멀어. 왜 이렇게 마음대로 하는 거야."

하지만 재하는 굽히지 않았다.

"이왕 먹는 거 제대로 먹어야지. 바람도 좀 쐬고. 날이 너무 좋잖아."

재하의 말처럼 날이 너무 좋았다. 미세먼지도 없었다. 멀리 보이는 능선들이 또렷했다. 그 위로 새파란 하늘이 있었다. 차는 금방 북한강 변으로 접어들었다. 강 물결이 환한 금빛으로 춤을 추듯 경쾌하게 부서지고 있었다. 이야. 세 사람은 동시에 감탄했다.

재하는 속도를 줄였다. 선루프를 열고는 담배를 찾아 불을 붙였다. 한 모금 뿜어내고는 어깨를 으쓱하며 말했다.

"멀리 나오길 잘했지?"

얼굴이 풀린 명도, 뒷좌석의 태주도 담배를 꺼내 불을 붙였다. 창문을 모두 열었다. 말보로와 던힐과 팔리아멘트의 담배 연기가 바람에 섞여 쏜살같이 사라져갔다.

한참을 달려 경춘로를 지나 의암호 근처의 계곡까지 가서야 재하는 차를 세웠다.

"여기가 제대로야. 송어는 차가운 물에서 양식하거든."

야외 자리에 앉았다. 물이 흐르는 소리마저도 차갑게 느껴지는 계곡물이 흐르고 있었다.

붉은 송어회를 앞에 두고 태주가 말했다.

"송어회는 처음인데 연어보다 색깔이 진하네. 많이 다른 종인가?"

"그런 건 낚시 책에 안 나오나보지? 내가 가르쳐주지."

재하는 큰소리를 치고는 휴대전화를 꺼냈다.

"이젠 지식이 무의미해진 시대야."

명은 밝은 목소리로 말했다.

"재하씨는 지식이 무의미해진 시대가 더 좋대요."

"검색하면 다 나오는데 조금 안다고 해서 마음놓고 큰소리칠 수 없잖아. 연어, 송어 둘 다 연어목 연어과야. 민물에서 태어나 바다로 나갔다가 모천회귀 하는 것도 같아. 근데 양식 송어는 민물에서만 사네."

재하는 짐짓 먼 곳을 바라보며 술잔을 기울였다.

"바다로 가려는 본능을 잃어버린 건가, 못 가는 건가."

재하는 혀를 찼고, 태주는 잠시 생각하다가 말했다.

"본능적으로 본능을 잃어버린 건지도 몰라. 목숨을 걸고 산란하지 않아도 되잖아. 인간의 힘을 이용해서 터무니없이 많이 번식하니 종의 입장에서는 그게 나을 수 있지."

재하가 반문했다.

"그래 봤자 횟감밖에 안 되는데?"

명이 끼어들었다.

"개랑 늑대랑 같은 과잖아. 늑대가 갯과인가? 개가 늑대 과인가? 그런데 본성을 유지한 늑대는 이제 몇만 마리밖에 남지 않았는데 인간의 필요에 맞게 진화한 개들은 수억 마리야. 인간이 개를 이용하는 것 같지만 사실은 개가 인간을 이용한 건지도 몰라. 그런 맥락에서 보자면 태주씨 말이 맞지."

"둘이 쿵짝이 잘 맞네."

재하는 투덜거리며 잔을 비웠다. 급하게 마시지 말라고 명이 말했다. 명은 잔을 들었다가 그냥 내려놓았다. 태주는 천천히 술잔을 기울였다. 재하는 명과 태주에게 술잔을 비우라 재촉하지 않았다. 태주가 페이스를 늦춰보려 했지만 재하는 아랑곳하지 않고 자기 잔을 빠르게 비워갔다. 태주가 물었다.

"왜 이렇게 급하게 마시는 거야?"

"좋은 날에 좋은 곳에서 좋은 사람들하고 마시는데 어떻게 천천히 마시겠어."

재하는 그 말을 반복해서 중얼거리다가 옆으로 쓰러졌다. 날이 금세 어두워졌다. 넓은 횟집에 그들 말고는 손님이 없었다. 몸을 몇 번 흔들어보았지만 재하는 일어나지 못했다. 이윽고 횟집 아주머니가 다가오더니 문을 닫아야 한다고 말했다.

"저는 안 마셨어요."

명이 운전대를 잡았다. 태주는 몸을 가누지 못하는 재하를 뒷좌석에 싣고는 조수석에, 명의 옆자리에 앉았다. 재하는 그새 코를 골고 있었다.

태주는 무슨 말을 해야 할지 생각했지만 말을 찾지 못했다. 입이 마르고 있었다. 묘한 긴장감을 느꼈다. 명도 말이 없었다. 서울로 오는 동안 내내. 서울에 들어선 후에야 태주가 불쑥 말을 꺼냈다.

"늑대가 갯과예요."

"네?"

"아까, 개가 늑대 과가 아니라 늑대가 갯과라고요."

명은 소리 없이 배시시 웃었다.

"아무 말도 없더니 내내 그 생각 했어요?"

태주는 머쓱해졌다.

"갑자기 생각나서."

명은 혼잣말하듯 중얼거렸다.

"늑대가 갯과였구나. 변한 건 개들인데 늑대에게 갯과라고 이름 붙이다니, 늑대들은 억울하겠다."

태주도 중얼거리듯 말했다.

"여우들도 갯과인 게 억울할 거예요. 북극여우나 사막여우는 특히. 언제 봤다고 갯과래. 하지만 세상은 변절자들의 것이니."

잠시 침묵이 흐르고는 명이 물었다.

"『미국의 송어낚시』는 재미있어요?"

"아니요. 무슨 얘기 하는 건지 모르겠어요. 시작은 했으니 끝까지 읽어볼 생각이 없는 건 아닌데, 과연 그렇게 될지 모르겠어요."

"좋아하는 작가가 있어요?"

태주는 곰곰 생각해보았다.

"유머 감각이 있는 작가가 좋아요. 우선 떠오르는 이름이 보니것이네요."

"보니것!『저 위의 누군가가 날 좋아하나봐』를 구하고 싶은데 잘 안 나와요."

"『타이탄의 미녀』로도 나왔는데 그것도 절판되었죠."

"저는『저 위의 누군가가 날 좋아하나봐』버전을 구하고 싶어요. 그 제목이 훨씬 더 좋아요."

"같은 책인데요. 번역은 나중에 나온 게 더 좋을 수도 있잖아요."

"그게……"

명은 잠시 생각에 잠겼다.

"지는 책을 읽고 싶은 게 아니라 책을 갖고 싶은 거예요. 오래도록 책장에 꽂아두고 책등의 제목을 보고 싶은 거예요. 그러기에는 『타이탄의 미녀』보다 『저 위의 누군가가 날 좋아하나봐』가 훨씬 더 매력적이에요."

이번에는 태주가 잠시 생각하고는 말했다.

"그런 생각을 해본 적은 없지만 그럴 거 같아요."

조금 전만 해도 의암호 인근의 깊은 계곡이었다. 금방 서울이었고 강변북로였고 합정이었다. 두 시간 동안 명과 나란히 앉아서 오는 꿈길 같은 드라이브 코스가 끝이 났다. 합정역 부근에서 내린 태주는 흰색 벤츠가 사라질 때까지 바라보다가 터벅터벅 발걸음을 옮기기 시작했다. 꿈같은 하루가 지나갔다.

이제 명은 재하의 집으로 갈 것이다. 재하를 방으로 데리고 가서 침대에 눕힐 테고.

꿈같은 오월의 밤에 머릿속을 가득 메운 생각들 때문에, 그리고 그런 생각이나 하고 있다는 자각 때문에 태주는 몹시 우울해졌다.

3. 퍼펙트 데이

몇 날이 흘러갔다. 태주는 자주 명을 생각했다. 그리고 또 자주 명을 생각하지 않으려고 했다. 휴대전화를 들여다보며 재하의 이름이 발신자로 뜨기를 기다렸다. 그리고 또 휴대전화를 보지 않으려고도 했다. 휴대전화를 다른 방에 갖다놓아 보기도 했다. 그러고는 얼마 지나지 않아 다시 휴대전화를 집 어들어 들여다보곤 했다.

토요일이었다. 며칠 동안 내내 미세먼지로 뿌옇던 대기는 전 날 종일 내린 비로 투명해졌다. 빛나는 오월이 눈부시게 빛나 고 있었다. 희고 옅은 구름 사이의 하늘은 더 푸르러 보였다.

태주의 휴대전화에 재하의 이름이 떴다. 드디어.

당장 받고 싶은 마음과 외면하고 싶은 마음이 충돌했다. 태주는 벨이 울리는 것을 가만히 듣고만 있었다. 외면하고자 하는 마음이 앞섰다. 한참을 울리던 벨소리가 멎었다. 그러자 외면하고자 했던 마음이 곧바로 외면당했다. 태주는 휴대전화를 들고 재하에게 전화를 걸었다. 재하는 여느 때처럼 나오라 말했고, 태주는 애써 심상한 목소리로 그러겠다고 대답했다.

태주가 카페에서 재하와 명을 만난 지 얼마 지나지 않았을 때였다. 재하의 휴대전화가 울렸다. 재하는 자리에서 일어났다. 카페 밖으로 나가더니 한참 만에 다시 돌아와서는 명을 보고 말했다.

"급한 클레임이 생겨서 먼저 일어나야 돼. 나중에 전화할게. 괜찮지?"

그러고는 태주의 어깨를 툭 치고는 카페 밖으로 나갔다. 명의 눈살이 약간 찌푸려졌다. 태주는 난감해졌다. 명과 단둘이 남겨지는 건 생각하지 못했던 일이었다.

침묵이 흘렀다. 태주는 말을 찾지 못했다. 명은 말을 찾지 않았다. 태주는 어색하게 커피잔을 만지작거렸다. 명은 자연스럽게 커피를 마셨다. 태주가 겨우 말을 꺼냈다.

"토요일인데도 일이 많은가보네요."

명이 작은 목소리로 중얼거렸다.

"글쎄요, 여자 클라이언트인가."

명은 어조를 바꾸어 밝은 목소리로 말했다.

"그럼 우리, 이제 뭘 할까요."

"뭐든 좋은데. 하고 싶은 게 있어요?"

태주는 아무래도 좋았다. 그러니까 이제 뭘 해도 할 우리가, 명과 자신이라면 무얼 해도 좋았다. 다만 커피만 마시고 이 자리에서 곧바로 헤어지자고 말하지 않기만을 바랐다.

날이 너무 좋았으니까. 푸른 하늘이 더 푸르러졌으니까. 투명하고 맑은 대기가 더 맑아졌으니까. 한 해에 며칠 되지 않을 날이니까. 일생에 며칠 되지 않을 날이니까. 어쩌면 단 하루 있을지도 모를 그런 날이니까.

명은 잠시 생각하다가 말했다.

"동물원에 갈까요?"

"어디라고요?"

태주가 되물었다. 듣지 못한 것이 아니라 정확하게 들었기 때문에 되물은 것이었다.

"동물원이요."

작지만 또렷한 명의 목소리가 다른 세계의 소리처럼 비현실적으로 들렸다. 동물원이요. 동물원에 가본 것이 언제 일이던가. 그런데 요즘 누가 동물원에 가지?

"동물원이라고요?"

"호랑이도 보고, 사자도 보고, 기린이랑 코끼리도 보러 가요. 이렇게 말하는 건 열 살 때 이후 처음 같아요."

명이 웃었다. 배시시.

태주는 동물원까지의 경로와 시간을 생각해보았다.

"너무 멀지 않을까요? 용인도, 과천도. 지금 우리는 차도 없고 돌아오는 길도 한참 밀릴 텐데."

"버스 오래 타는 것도 괜찮아요."

"그래도……"

태주는 망설였다. 흰색 S클래스 벤츠가 떠오르면서 왠지 위축되는 느낌도 들었다. 명은 아무렇지도 않게 말했다.

"과천도 그렇게 멀지는 않겠지만 더 가까운 데로 가요. 지하철 타고 가면 돼요."

"지하철로? 동물원을?"

"어린이대공원 동물원이요. 여기서 한 오십 분이면 갈 거예요."

명이 소리 없이 웃음을 지었다. 자연스럽게. 처음부터 태주와 둘이서만 만났던 것처럼.

지하철 안에서 명은 별로 말을 하지 않았다. 휴대전화를 들여다보지도 않았다. 태주는 지하철 창에 비친 명의 모습을 바라보았다. 시선을 살짝 아래로 향하고 있는 명의 모습을 가만히 보고 있자니 들뜬 마음이 조금씩 가라앉는 것도 같았다. 가라앉은 듯한 마음으로 계속해서 보고 있자니 다시금 들뜨는 것도 같았다.

어린이대공원은 유아차를 모는 아빠들과 엄마 손을 붙잡은 꼬마들과 부모로부터 벗어나 뛰어다니는 어린아이들로 몹시 붐볐다. 분수대에서 뻗어나온 물줄기가 하늘 높이 올라가 햇살에 반짝거렸다. 물이 넘쳐 흥건해진 분수대 주변을 네댓 살 어린아이들부터 열일곱 여고생들까지 물고기가 파닥거리듯 뛰어다녔다. 즐거운 비명소리가 분수의 물줄기보다 높이 솟구쳤다. 곳곳에서 생동감이 넘쳐흘렀다.

분수대를 지나 동물원 쪽에 이르자 명이 말했다.

"몇 년 전에 여기 코끼리가 죽었다는 기사를 봤어요."

"대공원 코끼리가요?"

"74년생이라던가, 서른여덟의 나이로 그만."

"큰형님이네. 언제부터 대공원에 있었대요?"

"두 살 때부터."

"그러면 본 적이 있었을지도 모르겠네요. 초등학생 때 두세 번 대공원에 왔으니."

"저는 봤을 거예요. 어릴 때 이 동네에 오래 살았거든요. 가까워서 여기 자주 왔어요."

두꺼운 유리창 너머에 있는 늙고 거대한 사자는 움직이지 않았다. 모든 것이 귀찮다는 듯 가만히 엎드려 있었다. 다음

구역에는 커다란 호랑이가 있었다. 호랑이도 엎드린 채 움직이지 않았다.

아이들은 와글거리며 맹수들의 주의를 끌려고 애를 썼다. 하지만 날이면 날마다 아이들 등쌀에 시달리는 맹수들은 거들떠보지도 않았다. 유리창 안은 권태가 넘쳐흘렀고 유리창 밖은 호기심과 활기로 소란스러웠다.

명이 말했다.

"예전에는 오랫동안 창경원이 동물원이었잖아요."

"가봤어요?"

"창경원 동물원에 가본 기억은 없지만 아주 어릴 때의 어느 밤이 기억에 남아 있어요. 까만 하늘에 하얀 벚꽃 잎들이 눈처럼 흩날리는 모습이 커다란 흑백사진처럼. 딱 한 컷. 나중에 그 얘기를 했더니 아빠가 놀랐어요."

"왜요?"

"봄날 밤에 창경원에 간 게 제가 두 살인가, 세 살 때래요. 어떻게 그게 다 기억에 남아 있냐면서."

"천잰가."

명이 웃었다.

"아빠도 그랬어요. 영재인 줄 알았으면 영재교육 시킬 걸 그랬다고. 그걸 왜 이제야 말하느냐고."

"언제 말했는데요?"

"아빠 돌아가시기 얼마 전에. 병원에서요."

"아."

태주는 황망했겠어요, 말하려다가 말을 삼켰다. 이윽고 명이 말했다.

"초등학생 때 신문에서 봤어요. 창경원 밤 벚꽃놀이라는 말을. 그 말의 느낌이 참 좋았어요. 벚꽃놀이. 밤 벚꽃놀이. 창경원 밤 벚꽃놀이."

태주는 명의 말들이 이미지가 되어 파노라마처럼 눈앞에 펼쳐지는 것 같았다. 벚꽃이 흩날리는 장면에서 밤하늘에 벚꽃이 휘날리는 장면으로, 그리고 또 까만 밤하늘에 높디높은 궁궐의 담 위로 더 높이 희고 고운 꽃잎들이 춤을 추는 장면으로.

명이 말을 이었다.

"그리고 또 낭만적이라는 단어를 처음 봤을 때도 느낌이 참 좋았어요. 뜻은 몰랐지만 왠지 아주 멋진 의미를 가진 단어일 것 같다고 막연하게 생각했어요."

"낭만적이라는 말이 낭만적일 수는 없다는 말을 본 적이 있어요."

"왜요?"

"낭만적이라는 말을 설명하려면 다른 단어들이 동원되어야 하는데, 또 그 단어들도 다른 단어들을 동원해서 의미를 찾아야 하니까요. 그러다보면 낭만은 영원히 낭만에 이를 수 없대요."

"누가요?"

"이름은 기억나지 않는데, 틀림없이 프랑스 철학자 누구일 거예요. 그쪽 사람들은 왜 그렇게 난데없고 쓸데없는 생각만 하는지 모르겠어요."

명이 웃었고, 태주가 물었다.

"낭만적이라는 말을 알게 된 다음에 창경원 밤 벚꽃놀이는 가봤어요?"

"아뇨. 엄마 아빠는 그 이후로 창경원에 데려간 적이 없어요."

명은 잠시 생각하고는 말을 이었다.

"창경원도, 벚꽃놀이도, 낭만적이라는 말도 의미를 다 알게 된 다음에는 창경원 밤 벚꽃놀이에 관심이 없어졌어요. 그래서 저의 창경원 밤 벚꽃놀이는 어떤 식으로든 영원히 낭만적인 창경원 밤 벚꽃놀이에 이를 수 없게 된 걸까요."

태주는 고개를 끄덕였다.

"어쩐지 서글프게 들리네요."

명이 말했다.

"어릴 때의 좋았던 기억들이 나중에 생각해보면 서글퍼질 때도 있나봐요."

명의 목소리가 태주에게 어쩐지 쓸쓸하게 들렸다. 멀리서 아이들의 밝은 웃음소리와 즐거운 비명소리가 다른 세상의 것처럼 비현실적으로 들려왔다. 형형색색의 풍선들이 하늘 높이 올라가고 있었다. 태주가 작은 목소리로 말했다.

"언젠가 저 아이들 중 누군가도 이 좋았던 날을 생각하면서 서글퍼질 수도 있겠네요."

동물원에서 나오며 태주가 말했다.

"이제 어딜 갈까요?"

명은 태주를 쳐다보았다.

"이번에는 태주씨가 정해봐요."

태주는 마땅히 생각나는 것이 없었다. 아직 오후였다. 커피는 마셨다. 동물원에서 산책도 했다. 저녁식사를 하기에는 이른 시간이었다. 술을 마시기엔 더 이른 시간이었다.

"글쎄요. 어디를 가야 하나."

"프로그램이 빈곤하네요. 여자친구 만나면 어디 가는데요?"

"여자친구가 없어서."

"예전에 연애했을 때는요?"

"다 비슷하지 않나요. 카페, 밥집, 술집, 극장, 공원, 어쩌다가 전시회, 서로의 집."

"그럼 그중에서, 극장 구경 가요."

"극장 구경이요?"

"네. 극장 구경."

태주가 웃었다.

"그렇게 말하는 사람, 정말 오랜만에 봐요."

"아빠가 그렇게 말했어요. 극장 구경 가자. 예전에는 그렇게들 말하지 않았어요? 영화 보러 가자고 하지 않고 극장 구경가자. 안 그랬어요?"

"아, 특별시 사대문 안에서는 안 그랬어요."

이번에는 명이 웃었다.

"특별시 사대문도 정말 예전 말인데. 극장 구경 옆에 딱 붙어 있을 법한 말이네요."

명의 입에서 나오자 낡은 말들이 새롭게 들렸다. 태주는 오래된 말에 기분이 더 좋아지는 것 같았다.

"그럼 딱 붙어서 극장 구경을 하러 가요. 무슨 영화가 보고싶어요?"

"〈카사블랑카〉 봤어요?"

"그게……"

태주는 고개를 갸웃거렸다.

"본 것 같기도 하고, 안 본 것 같기도 하고. 그러니까 주말의명화 같은 데에서 해주지 않았을 리가 없고, 한두 장면 정도는기억에 남아 있는 것도 같은데, 전체적으로는 어떤 내용이었는지 잘 떠오르지 않아요."

"저도 그래요. 잉그리드 버그먼을 스크린에서 제대로 보고 싶어요."

"잉그리드 버그먼! 남자 배우는 누군가요?"

"이름이 기억이 안 나요. 키 작은 남자였는데. 그럼 그 키 작은 남자가 누구인지 검색해보지 말고 가서 직접 확인해봐요."

"어디로 가요?"

"상암동, 시네마테크. 초기 영화 기획전을 하고 있어요."

"서울의 동쪽 끝으로 왔는데 다시 서쪽 끝으로 가야 하는군요."

명이 웃으며 말했다.

"지하철 타면 금방이에요."

서울의 서쪽 끝에서 극장 앞의 영화 포스터를 보자, 키 작은 남자 배우의 이름도 알게 되었다. 험프리 보가트. 태주에게 그런 것들은 아무래도 좋았다. 아름다운 날, 동물원, 서울의 동쪽 끝과 서쪽 끝, 극장, 오래된 이름들. 모두 다 명의 옆에 두고 보기에 잘 어울리는 것들이었다. 잉그리드 버그먼도, 험프리 보가트도.

영화가 끝나고 극장을 나오며 태주가 말했다.

"안 본 영화였네요. 이 유명한 영화를 안 봤을 거라곤 생각도 못했어요."

"그래도 왠지 익숙한 장면들이 많았어요."

"당신 눈동자에 건배. 이 대사는 워낙 유명하잖아요."

명이 미소를 보였다.

"그런 대사들로 가슴 설렜을 시대가 그리워요."

"요즘에는 그런 대사로 가슴이 설레지 않나요?"

"요즘 남자들은 그런 대사를 못해서. 태주씨가 한번 해봐요!"

태주는 명을 보았다. 명의 눈동자가 반짝거리고 있었다. 어떤 대사든지! 무슨 말이든지! 하지만 말은 다르게 나왔다.

"대놓고 못하겠네요."

"그것 봐요. 요즘 남자들, 도대체가 낭만적이지 않다니까."

"눈동자에 건배하는 게 낭만적인가요?"

"그녀의 눈동자에는 달도, 사랑도 담겨 있을 테니."

그러니까, 명의 눈동자에 담겨 있을 사랑을 위해서는 무슨 말이든지 할 수 있는데. 태주는 말을 삼키고 다른 말을 꺼냈다.

"험프리 보가트가 키가 작아요? 아까 키 작은 남자라고."

"작은 편이에요. 백칠십이 안 되거든요. 근데 그거랑 관련해서 〈몰타의 매〉에서 인상적인 대사가 있었어요."

"무슨 대사요?"

"원작 소설에서는 브리지드가 샘 스페이드에게 '키가 참 크군요'라고 말하는 대목이 있어요. 주연 배우는 백칠십이 안 되는 험프리 보가트인데 말이에요."

"그래서요?"

"그 대사를 아예 빼버릴 수도 있었는데 '키가 참 작군요'로 바꾸어버린 거예요. 기발하지 않아요? 하지만 그다음부터 험프리 보가트는 키 작은 배우로 각인되어버렸어요."

태주는 무심코 중얼거렸다.

"불쌍한 험프리 보가트. 험버트, 험버트."

"『롤리타』!" 명이 탄성을 발했다.

"저, 나보코프 정말 좋아하는데."

태주가 말했다.

"저도요."

명은 소리 없이 활짝 웃었다. 어떤 남자가 험프리 보가트에서 험버트를 연상할까. 태주는 벅차기까지 했다. 어떤 여자가 험버트라고 하면 『롤리타』를 떠올릴까.

"이제는 무얼 할지 정할 수 있겠네요. 배고픈데 저녁 먹으러 갈까요?"

태주의 말에 명은 시간을 확인하고는 갸웃거렸다.

"집에 가봐야 해요."

"저녁도 안 먹고요?"

태주는 실망한 기색을 감추지 못했다.

"혹여 맥주라도 한잔 하면 늦어질 텐데 고양이가 마음에 걸려요. 엊그제부터 잘 안 먹고 있어서."

태주는 이해할 수 없었다. 고양이야 그냥 고양이지. 히루이틀, 잘 안 먹을 수도 있지. 태주는 한껏 들떴던 마음이, 벅차기까지 했던 마음이 가라앉는 것을 느꼈다. 한순간에 고양이만도 못한 존재가 되어버린 것 같기도 했다. 서운함을 숨기고 아쉬움을 감추고 담담함을 가장하여 태주가 말했다.

"그럼 이만 들어가기로 해요."

명은 대답하지 않았다. 한동안 주저하더니 서슴거리며 말했다.

"집이 부근인데 일단 같이 가보는 건 어때요? 잠깐 들어갔다 나오면 되니."

태주는 높아지려는 목소리를 애써 낮추었다.

"물론, 괜찮지요."

명의 집은 걸어갈 만큼 가까운 곳에 있었다. 태주는 밖에 있겠다고 했으나 명은 괜찮다고, 같이 들어가자고 말했다.

넓지 않은 거실에 작은 조명만 켜져 있었다. 크지 않은 벽걸이 티브이와 아담한 소파가 있었다. 창가에 높은 캣타워가 있었다. 고양이는 보이지 않았다. 명이 말했다.

"저거, 누가 왔다고 바로 숨어버렸네요."

명은 방으로 들어가더니 흰색과 검은색이 뒤섞인 고양이를 안고 나왔다. 명은 고양이에게 입을 맞추고는 내려놓았다. 고양이는 명의 발치로 와서 뺨을 비볐다. 고양이가 떨어지기를 기다려 명은 참치 사료 캔을 따서는 그릇에 옮겨 고양이 식기가 있는 곳에 갖다놓았다. 그 자리의 사료 그릇에는 건식 사료가 담겨진 채로 있었다.

명은 태주를 향해 몸을 돌렸다.

"다시 나가기도 그러니 그냥 여기서 저녁 먹어요."

태주가 쭈뼛거리며 말했다.

"뭐, 도와드릴까요?"

"그냥 앉아 계세요. 별로 할 것도 없어요. 파스타 만들 건데 라면 끓이는 것과 크게 다르지 않아요."

고양이는 참치가 담긴 사료 그릇도 외면하고는 명을 바라보고 있었다. 태주는 고양이가 낯설었다. 키워본 적도, 쓰다듬어본 적도 없었다. 길거리에서 길고양이들을 한 번씩 흘낏 보고 지나치는 게 고작이었다.

"고양이 이름이 뭐예요?"

"앨리스요."

"그럼 여긴 이상한 나라인가요?"

"맞아요. 이상한 나라. 처음에 집 부근 화단에서 새끼 고양이 두 마리가 비 맞고 떨고 있는 걸 데리고 온 건데, 집안에 고양이가 있는 게 처음이라 이상했거든요. 얘들은 없다가도 갑자기 나타나고, 눈앞에 있다가도 갑자기 사라지곤 해요. 고양이가 나타났다가 사라지는 이상한 나라가 된 것 같아서 앨리스라고 이름 붙였어요."

"두 마리면 다른 고양이는요?"

"재하씨가 데리고 갔어요. 걔 이름은 하나. 앨리스 옆에 있어서 하나."

"그 영화 좋아해요?"

명은 배시시 웃었다.

"안 봤어요. 제목밖에 몰라요."

명은 커다란 웍에 물을 끓였다. 파스타를 삶고는 채에 건져 올렸다. 웍을 살짝 닦아서 올리브유를 뿌리고 파스타를 먼저 올려 잠깐 볶은 후에 시판 토마토소스와 레토르트 치킨카레를 섞어서 다시 볶았다. 주방 옆 테이블에 앉아 지켜보던 태주가 말했다.

"그게 어떻게 라면 끓이는 만큼 간단한 거죠?"

"만드는 과정은 라면보다 두 배쯤 복잡하지만, 맛은 두 배이상 괜찮으니 그게 그거인 셈이에요."

"무슨 그런 계산이 다 있어요?"

명은 파스타를 접시에 담아 파슬리를 약간 뿌리고는 테이블에 올려놓았다.

"이걸로 저녁 겸 안주 겸 해서 먹어요."

두 개의 잔에 맥주를 가득 따르고는 명이 물었다.

"뭐에 건배하실래요?"

태주가 대답했다.

"앨리스의 눈동자!"

명이 다시 활짝 웃었다. 술을 마시기도 전에 태주의 가슴이 뛰기 시작했다. 얼른 파스타를 입으로 가져갔다. 의외로 맛이 괜찮았다.

"이거 맥주 안주로 좋은데요."

"그렇죠? 들인 노력에 비하면 매우 훌륭하다니까요. 이렇게 만들어본 건 처음이지만."

"처음이라고요?"

"주로 알리오올리오로, 가끔 토마토소스로만 해서 먹어요. 술안주로 먹기에는 이게 더 나을 수도 있겠다 싶어서 치킨카레도 같이 넣어봤어요."

맥주잔은 금방 비워졌다. 명은 냉장고를 열어보고는 기다려 달라고 말하고 밖으로 나갔다. 잠시 후 명은 양손 가득 맥주를 사 들고 돌아왔다. 태주는 얼른 나가서 맥주를 받아들었다.

"무겁네요. 제가 가면 되는데."

"뭘요. 2리터 생수 여섯 개 팩도 사 들고 오는데요. 칭다오를 많이 할인하기에."

명이 만든 파스타는 다 식은 후에도 훌륭한 안주였다. 칭다오를 마시면서 태주는 나보코프에 대해서, 나보코프의 아름다운 아내에 대해서 얘기했다. 하이네켄도 아닌데.

테이블 위의 은은한 조명으로 명의 얼굴이 그윽하게 빛났다. 명은 샘 스페이드만큼 터프한 챈들러의 필립 말로에 대해 얘기했다. 데킬라도 아니고.

명은 〈카사블랑카〉를 촬영할 때 잉그리드 버그먼이 키가 더 컸기 때문에 키 작은 험프리 보가트가 상자 위에 올라가서 촬영해야 했다고 말했다. 잉그리드 버그먼이 1915년생이에요. 세상에! 그렇게 아름다운 여자가 백 년 전 사람이에요. 흩날리는 벚꽃도 아니었다.

그런 것들이 없는 명의 공간이 마법으로 가득차고 있었다.

태주가 말했다.

"여자와 동물원에 간 건 처음이네요."

"저도 남자와 동물원에 간 게 처음이에요."

"여자와 〈카사블랑카〉를 본 것도 처음이네요."

"저도 남자와 〈카사블랑카〉를 본 게 처음이에요."

어느 순간부터였는지 태주는 알지 못했다. 명도 알지 못했다. 어쩌면 처음부터 그렇게 될 거라는 걸 알았던 것도 같았다. 또 전혀 알지 못했던 것도 같았다.

명이 거실로 가자고 말했다. 거실은, 소파 앞은 아늑한 어둠이 잔잔하게 깔려 있었다. 테이블 위의 조명만 켜져 있던 터였다. 높낮이가 다른 작은 LED 램프들이 마치 별자리의 별들처럼 은은하게 빛났다. 태주는 그 조명이 뭔가 스타일리시하다고 생각했다. 이윽고 명이 태주 가까이로 몸을 옮겼다. 태주의 몸은 취기로 점점 비스듬히 기울기 시작했다. 어느덧 명은 모로 누웠다. 태주도 명의 등뒤로 나란히 누웠다. 조금 열려 있는 창문으로 스며들어오는 밤바람이 시원했다.

명이 태주의 팔을 잡아끌어 어깨를 감쌌다. 태주는 몸을 일으켜 소파에서 쿠션을 집어 머리 밑에 놓고, 한쪽 팔로는 다시 명의 어깨를 감싸안고 다른 팔로는 명의 머리를 받쳐주었다. 앨리스는 명의 앞으로 오더니 몸을 늘어뜨리고 누웠다. 명은 앨리스를 쓰다듬다가 천천히 고개를 뒤로 돌렸다. 명의 얼굴은 취기로 발갛게 달아올라 있었다.

태주는 명의 입술에 키스했다. 가볍게 한 번. 또 가볍게 한 번. 명은 눈을 감은 채 희미하게 미소를 지었다. 태주는 다시 키스를 했다. 윗입술에 한 번. 아랫입술에 한 번. 뺨에 한 번. 콧등에 한 번. 명은 몸을 돌렸다. 이번에는 명이 태주에게 키스했다. 부드럽고, 깊은 키스였다. 알싸한 향기에 태주는 아득해졌다.

명이 뭐라고 속삭였다. 명은 일어나서 불을 끄고는 다시 태주의 품으로 향했다. 태주는 명의 입술을 찾았다. 태주의 입술은 명의 뺨으로, 귓불로, 목덜미로 향했다. 명의 숨소리가 점점 커졌다. 점점 더 부드러운 곳으로 향하는 입술에, 손길에 명이 아득해졌다. 명의 가쁜 숨소리가 태주의 귓가에 스며들었다. 태주의 숨소리도 거칠어졌다.

달뜬 숨소리가 천천히, 천천히 가라앉았다. 태주는 가만히 명을 껴안고 있었다. 이윽고 태주는 명의 입술에 키스를 했다. 입술을 떼고 물끄러미 명의 얼굴을 한동안 바라보다가 명의 이마에 키스를 했다. 명은 가만히 미소를 지었다. 태주의 숨소리도 잦아들었다. 세상이 고요해졌다. 길고도 긴 하루가 끝났다. 모든 다른 날들처럼 영원히 돌아오지 않을 하루가, 모든 다른 날들과는 다르게 영원히 그리워할 하루가 영원히 끝났다.

*

태주가 눈을 떴을 때 방이었다. 새벽녘에 명이 이끌어서 침대로 향했던 게 떠올랐다. 명은 보이지 않았다. 태주는 일어나서 옷을 입었다. 거실로 나와보니 창가의 캣타워 위에서 앨리스가 태주를 빤히 쳐다보고 있었다. 태주는 잠이 덜 깬 목소리로 중얼거렸다.

"고양이야, 이 집 주인은 어디 있니?"

집안에 인기척이 없었다. 테이블도, 소파 주변도 정리되어 있었다. 테이블 위에 메모지가 있었다. 일이 있어서 먼저 나간다는 명의 메모였다. 깔끔한 글씨체였다.

태주는 세수를 하고 와서, 테이블 앞 의자에 앉았다. 정말 일이 있어서 나간 것일까. 아침에 얼굴을 맞대는 것이 난감해서였을까.

캣타워 위에 있던 고양이는 이제 소파의 팔걸이 위에 자리 잡고 태주를 바라보고 있었다. 태주가 다가가려 하자 눈을 굴리더니 방으로 달아났다.

태주는 메모지 뒷면에 몇 자 적을까 생각하다가, 그만두었다. 메모지를 접어 간직하고는 문 쪽으로 걸어갔다. 어느 틈엔가 다시 나타난 고양이가 거리를 두고 따라왔다.

"너는 좋겠다. 이 사람 좋다 해도 되고, 저 사람 좋다 해도 되고."

태주는 고양이를 쓰다듬어보려고 다시 손을 뻗었다. 고양이는 또다시 뒤로 물러났다. 태주는 거리를 두고 자신을 바라보는 고양이를 뒤로하고 나와서 문을 닫았다. 잔기침이 나왔다.

앨리스가 있는, 조금 전까지 자신이 있었던 문 저편의 이상한 나라로 향했던 문이 닫혔다. 앨리스가 있는 그 공간에서의 지난밤이, 어제 하루 동안의 일들이 거짓말 같았다.

태주는 거리로 나왔다. 어제처럼 아름다운 날씨였다. 길가에 늘어선 나무들의 연둣빛 위로 햇빛이 반짝거렸다. 날은 어제처럼 아름다웠으나 마음은 어제와 같지 않았다. 어제와 같지 못했다. 어제는 명을 만날 거라는 기대가 있었고, 명을 만났고, 명과 시간을 보냈다. 단둘이. 오늘은 명을 보지 못했고, 명을 만날 수 있을 거라고 여겨지지 않았다. 그 어느 때보다 명과 멀리 떨어져 있는 것 같았다. 명을 얻자마자 명이 사라졌다. 어쩐지 현실감이 느껴지지 않았다. 명을 안은 것도, 명이 사라진 것도 모두 꿈속의 일 같았다.

태주는 뭔가 강렬한 욕구를 느꼈다. 오랫동안 잊고 있던 욕구였다. 뭔가에 대한 갈망 비슷한 것이었다. 어쩌면 잡힐 듯, 어느새 가까이 다가온, 그러나 손가락 사이로 빠져나가 바람에 멀리 날아가 사라져버리는 벚꽃 잎들 같은 것들에 대한.

태주는 편의점으로 향했다. 담배를 샀다. 팔리아멘트로.

담배에 불을 붙였다. 담배 연기가 목을 타고 부드럽게 넘어갔다. 천천히, 길게 담배 연기를 뿜어냈다. 필터 끝부분을, 필터 속에 비어 있는 곳을 살짝 깨물어보았다. 팔리아멘트 필터의 그 공간은 영원히 비어 있을 것이다. 비어 있지 않으면 팔리아멘트가 아니니까.

*

여러 날 동안 태주는 자주 휴대전화를 들여다보았다. 명으로부터는 아무 연락이 없었다. 재하로부터도 아무 연락이 없었다.

명에 대한 마음과 재하에 대한 생각이 머릿속을 어지럽혔다. 생각들은 쉽게 정리되지 않았다. 태주는 생각하고, 또 생각들을 정리하려고 했다. 재하에 대해 생각하려고 하면 명이 떠올랐다. 명에 대한 감정이 어떤 것인지 생각해보려 하면 명이 떠올랐다. 미소 지을 때 입꼬리가 살짝 올라가던 그녀의 얼굴과 나직한 목소리와 가늘고 흰 발목과 검고 흰 무늬의 고양이. 그러다가 다시 재하에 대해 생각하려 하고, 명에 대한 감정을 생각하려 했다. 부드러운 눈빛과 목덜미의 윤곽과 어둠 속에서 들려오던 숨소리와 까망 하양의 고양이. 생각은 계속 곁가지로 빠져 흘러가곤 했다. 까망 하양이었나, 하양 까망이었나. 이제부터 앨리스를 양양이라고 불러야겠다.

그러다가 다시 재하를 생각했다. 그리고 명에 대해 생각했다. 명에 대한 마음에 대해 재하에게 해야 할 말들을 생각했다. 명은 자신을 어떻게 생각하고 있을지, 재하를 어떻게 생각하고 있을지에 대해 생각했다. 그러다가 다시 까망 하양의 양양이로 돌아갔다. 생각들은 문장으로 정리되지 못하고 이미지에서 다른 이미지로 이어지다가, 결국 고양이의 이미지에 이르곤 했다. 그러면 다시 처음으로 돌아가서 재하를 생각했다. 재하에게 해야 할 말들을 생각했고, 하지 말아야 할 말들을 생각했다.

나는 그런 사람이 아니다.

나는 네가 생각하는 그런 사람이 아니다.

그날 밤은 순전히 우연이었고 아무 일도 없었다.

명과는 별일이 없었다. 정말이다.

그녀와 단둘이 술을 마신 거 말고는.

그거야 네가 일찍 가버린 탓 아닌가. 그리고 술이야 자주 마시지 않는가. 그게 뭐 별일인가.

술을 마신 곳이 그녀의 집이었다는 거 말고는.

장소가 뭐 그리 중요한가. 그 또한 뭐 별일이겠는가.

술을 마시다가 집에 가지 못하고 결국 거기서 잠들어버린 거 말고는.

술을 마시다보면 집에 들어가지 못하는 경우야 허다하지 않은가. 그게 또 뭐 별일이겠는가.

명과는 별일이 없었다.

이게 전부다.

정말인가.

명과는 별일이 없었다.

잠들기 전에 명의 이마에 키스한 거 말고는.

명의 이마에 키스하기 전에, 그녀의 입술에 키스한 거 말고는.

그녀를 안고 밤을 보낸 거 말고는.

무엇보다도 명을 사랑하게 되었다는 거 말고는.

명 또한 그러하기를 간절히 바라고 있다는 거 말고는.

나는 그런 사람이다.

나는 네가 생각하는 그런 사람이다.

그날 밤 일은 우연이 아니었다.

태주의 모든 생각들은, 머릿속에 떠올랐던 모든 이미지들은, 하양 까망의 고양이는 단 하나의 문장으로 귀결되었다.

명을 사랑하고 있다.

4. 밀러 라이트

깊은 밤이었다. 재하는 거실의 진열장에서 반쯤 남아 있는 발렌타인 21년을 꺼냈다. 혼자, 안주 없이 마시기에는 가장 좋은 술이었다. 온더록스로도, 스트레이트로도. 빨리 마시기에도, 천천히 마시기에도.

재하는 얼음을 넣지 않은 위스키 잔을 들고 컴퓨터가 있는 방으로 들어갔다. 전원을 켜고는 모니터를 바라보았다. 삼색 고양이와 검고 흰 고양이 두 마리의 사진이 바탕 화면으로 깔려 있었다. 위스키를 한 모금 마셨다. 한줄기 뜨거운 기운이 목 아래로 흘러갔다. 처음 명을 만났던 날을 떠올렸다. 명이 근무하던 병원에서 치과 치료를 받을 때였다.

어느 날 치료를 끝내고 나와 병원 건물 주차장 뒤편 골목에서 담배를 꺼내 물었다. 의사가 하지 말라는 것을 하는 즐거움을 누렸다. 치아가 따끔거렸다. 얼마 뒤에 명이 나왔다. 명이 담배에 불을 붙였다. 눈이 마주쳤다. 재하가 다가가 말을 걸었다.

"아니, 치과의사가 이런 데서 담배 피워도 돼요?"

"안 되나요?"

"환자들한테는 담배 피우지 말라고 할 거잖아요."

"환자들한테는 흡연이 치아에 안 좋다고만 말하지 금연하라고는 안 해요. 그리고,"

명은 담배 연기를 뿜어내고는 말을 이었다.

"제가 여기 그만두거든요."

담배 연기를 뿜어내는 명의 모습이 근사해 보였다. 얼굴을 다 가리는 커다란 마스크를 벗은 명의 얼굴은 매력적이었다. 그리고 병원 뒷골목에서 담배를 피우는 치과의사라니, 매혹적이었다.

"담배 피우려고 밖으로 안 나가도 되는 술집을 알아요. 한잔 할래요?"

명이 대답했다.

"그 치아 상태로 흡연에 음주까지 하려고요? 안 돼요."

"의사의 소견 말고 흡연자로서 말해봐요. 거기는 술 마시면서 담배 피울 수 있다니까요."

"어떻게요? 불법일 텐데."

"구석 창가 자리가 있어요. 사장도 아는 손님만 있을 때에는 가끔 그 자리로 가서 창문 열고 담배 피워요."

"오늘은 술 마시면 안 된다니까요."

재하가 빙긋 웃으며 말했다.

"내일도 좋아요."

며칠 뒤였다. 홍대 앞 이층에 있는 술집의 구석 창가 자리에서 창문을 열고 맥주를 마시며 담배를 피우다가 재하는 검지를 들어 자신을 가리키며 말했다.

"디보스드divorced."

재하가 대학을 졸업할 즈음에 만나던 여자가 임신을 했다. 그녀는 지우지 않겠다고, 혼자 키울 거니까 신경 끄라고 말했다. 재하는 그녀에게 결혼하자고 했다. 그녀가 임신을 하지 않았다면 결혼하지 않았을 것이었다. 하지만 재하는 사랑이 아니라 임신 때문에 결혼하는 것도 자연스러운 일이라고 생각했다. 누구는 나이가 차서 결혼하고, 누구는 외로움 때문에 결혼하고, 누구는 돈 때문에 결혼하고, 누구는 부모 때문에 결혼하고, 누구는 아이 때문에 결혼한다. 사랑 때문에 결혼하는 게 아니라.

결혼을 해서 처자식을 먹여 살리려면 직장이 필요했다. 대기업부터 중견 기업을 거쳐 작은 회사까지 닥치는 대로 지원했지만 모두 다 떨어졌다. 어디든 취직해야 했다. 그러다가 알음알음으로 취직한 곳이 부동산 관련 회사였다. 재하의 전공과, 적성과, 바람과 무관했다.

땅을 사고 파는 것이 회사의 일이었다. 싸게 사서 비싸게 팔았다. 개발 가능성이 높은 땅을 사서 홍보하고 되팔았다. 개발 가능성이 높지 않은 땅도 사서 개발 가능성이 높다고 홍보하고 되팔았다. 그럴듯한 팸플릿을 만들고 현장 답사를 하고 변호사나 법무사 자문 서비스를 제공하며 투자자를 모았다. 일이 많았다. 대표는 전국 각지에 일을 만들었다. 재하는 전국 각지를 돌아다녀야 했다. 어떤 건들은 사기에 가까웠다. 개발 가능성이 없음에도 개발 업체를 직접 만들었다. 몇 년 뒤에 땅을 산 사람들이 회사 대표를 상대로 기획 부동산 사기로 소송을 제기했다. 여러 건이었다. 어떤 것들은 승소하고 어떤 것들은 패소했다. 대표는 실형을 선고받았고 임원들은 빠져나갔다. 회사는 껍데기만 남았다. 독립한 임원들은 제각기 기획 부동산 회사를 차렸다. 모두들 재하를 데려가고 싶어했다. 그쪽 일에서 재하의 번듯한 외모와 남다른 친화력은 매우 훌륭한 재능이자 자산이었다. 재하는 모두 거절했다. 그리고 독립했다.

재하가 입사할 때 부동산 경기가 활황이었다. 퇴사할 즈음에는 예전만 같지 못했다. 그러나 수요는 항상 있었고 공급도 항상 있었다. 재하는 몇 년간 회사에 다니면서 알게 된 인맥들을 서로 엮어주었다. 부동산 컨설턴트에게 가장 중요한 게 바로 그 인맥이었다. 적당한 규모의 건물들을 매매 중개했고, 적당한 규모의 투자자들을 모아 적당히 가치가 있는 건물이나 토지를 사고 팔았다. 기획 부동산 같은 건 하지 않았다. 적지 않은 돈을 어렵지 않게 벌었다.

회사에 다닐 때에는 전국을 돌아다니느라 바빴다. 그 와중에도 여자들을 만났다. 그에게 신호를 보내는 여자들, 그가 보내는 신호를 알아차리는 여자들은 많았다. 독립해서 시간적 경제적 여유가 생겼다. 그 여유에 또다른 여자들이 들어왔다. 아내는 이혼을 요구했다. 이혼 이후 딸아이는 아내가 키웠다. 재하는 딸아이를 일주일에 한 번 만났다.

명이 검지를 들어 스스로를 가리키며 대꾸했다.

"미 투."

재하와 명은 이후 그 단어를 꺼내지 않았다. 먼저 말하지 않았고, 서로에게 묻지 않았다. 결혼생활이 얼마나 오래갔는지, 왜 이혼했는지, 기타 등등. 두 사람이 서로를 계속 만난 이유 중 하나는 서로에게 묻지 않아도, 말하지 않아도 되었던 편안함 때문이기도 했다. 오랫동안 서로에게 편안함을 느꼈다. 재하도, 명도.

조금 전 명이 재하에게 말했다. 휴대전화로.
"우리는 여기까지야."

두번째 잔도 바닥을 보이고 있었다. 빨리 마셨던가, 천천히 마셨던가. 삼색 고양이가 테이블 위로 올라왔다. 자리를 잡고는 가만히 재하를 바라보았다. 재하도 고양이를 하염없이 바라보았다.

*

며칠이 지났다. 일요일 밤이었다. 재하의 휴대전화가 울렸다. 태주였다.
"웬일이야. 전화를 다 하고."
"웬일은."
"너는 여간해서는 먼저 연락 안 하잖아."
태주가 먼저 전화한 것은 그들이 다시 보기 시작한 이후 처음 있는 일이었다. 먼저 만나자고 연락하는 건 재하 쪽이었다.
"시간 괜찮아? 지금도 좋고, 내일도 좋고. 둘이 한잔할까?"
"무슨 일인데?"

"할 얘기가 있어."

"술은 술맛으로 마셔야지. 해야 할 얘기, 들어야 할 얘기 때문에 마시면 술맛이 안 나."

"그래도 얼굴을 보고 말해야 할 것 같은 얘기야."

"얼굴 보고도 말 안 하고 뜸들이다 말 것 같은데?"

태주는 오래전 일이 떠올랐다.

"그러면 안 되나. 예전에도 말 안 하고 그냥 술만 마신 적 있었잖아."

영화 강의 기말 과제 편집이 끝난 뒤에 조원들이 모였다. 편집도 태주가 도맡아 했다. 태주가 보기에 촬영된 결과물은 모든 게 엉망이었다. 영상도, 연기도, 조명도, 음향도. 도무지 어디에 내놓을 만한 구석이라곤 없었다. 그러나 그 과제의 의의는 그런 형편없는 결과물을 직접 만들어보는 데에 있었고, 조원들은 큰 힘 들이지 않고 기말 과제를 끝내게 되어 다행이라고들 여겼다. 태주는 경의 얼굴을 영상에 담았다는 걸로, 경의 모습만으로 아주 짧은 편집본을 따로 만들 수 있게 된 걸로 만족할 수밖에 없었다. 곧바로 삼삼오오 흩어져서 각자의 길을 갔다. 재하는 태주에게 다가가서 술을 사겠다고 말했다.

"혼자 고생했잖아. 나는 한 것도 없는데."

"그런 거라면 됐어."

태주는 재하와 같이 술을 마시고 싶은 생각이 없었다. 재하는 태주를 따라 걸었다. 교정에는 오월이 빛나고 있었다.

"날도 이렇게 좋은데 지금 간단하게 맥주 한잔 하자."

오월의 빛나는 한낮에 마시는 시원한 맥주 한잔이 태주를 잡아끌었다. 재하와 태주는 학교 앞으로 나갔다. 테라스가 있는 카페였다. 재하는 밀러 라이트를 주문했다. 태주는 밀러 라이트가 처음이었다. 병뚜껑을 손으로 돌려서 따는 게 신기해 보였다. 재하는 병을 들고 조금씩 홀짝홀짝 마셨다. 태주도 따라 했다.

태주는 할말이 없었다. 재하는 별말을 하지 않았다. 병뚜껑을 돌려 따는 밀러 라이트가, 밀러 라이트 병을 손에 들고 홀짝거리는 재하가 스타일리시하다고 태주는 생각했다.

조금씩, 한 모금씩 마시는 밀러 라이트는 맛있었다. 학교 앞, 거리의 오후는 한산했다. 오월의 빛나는 햇빛이 두 사람 사이의 침묵을 메우고 있었다.

재하는 천천히 마셨다. 한 병. 태주도 천천히 마셨다. 두 병. 카페에 손님들이 한 팀 두 팀 들어오기 시작했다. 세 병씩 마신 뒤에 재하가 말했다.

"갈까?"

태주가 대답했다.

"가자."

자리에서 일어나는 태주의 표정은 부드러워졌다. 마음도 누그러졌던가. 빛나는 오월의 한낮에 밀러 라이트를 같이 마신 탓이었을까.

수화기 너머 재하가 다시 말했다.
"괜찮으니까 그냥 말해."
"명에 대한 얘기야. 더 일찍 말했어야 했는데."
재하는 태주의 말을 잘랐다.
"명에 대한 얘기를 너한테 듣고 싶진 않아."
다시 침묵이 흘렀다. 태주는 입을 열었다. 여러 날 동안, 오랫동안, 어쩌면 그녀를 처음 보았을 때부터 마음에 담아두었던 말이었다.
"내가 명을 좋아해."

재하는 속으로 혀를 찼다. 그걸 그렇게 말해서 어쩌자는 건가. 통보인가. 허락을 구하는 건가. 용서를 구하는 건가. 상대방이 싫다고 하면 마음을 거둘 수 있기라도 하다는 건가.
그런 일들은 어쩔 수 없다고 재하는 생각했다. 남녀 문제는 그 두 사람의 일이다. 그게 누구든 다른 사람이 뭘 어떻게 할 수 있는 일이 아니다.
친구가 좋아하는 여자에게 좋은 감정이 생기는 건 얼마든지 있을 수 있다. 어쩔 수 없다. 살다보면 그런 일도 생기게 마련이다.

친구란 특정 시간과 특정 공간을 함께하면서 우정이라는 남다른 유대감을 갖게 되는 존재다. 그런데 그 특정 시간과 특정 공간에 존재하는 매력적인 사람들은 한정되어 있다. 그러다보니 때로는 남다른 감정이 드는 대상이 겹칠 수밖에 없다.

누군가를 좋아하게 되는 건 자연스러운 일이다. 매력적인 사람을 좋아하게 되는 것도 자연스러운 일이다. 그러니 좋아하는 사람이 겹치는 것도 자연스러운 일이다. 이걸 어떻게 하겠는가. 누군가 마음을 접어야 한다면 그 기준은 무엇인가. 덜 좋아하는 사람이 더 좋아하는 사람을 위해 접어야 하나? 가능성이 낮은 사람이 가능성이 높은 사람을 위해 접어야 하나? 나중에 감정이 생긴 사람이 접어야 하나?

이 문제에 대해서 재하의 입장은 한결같았다. 마음을 접고 말고 할 일이 아니다. 선택은 그녀가 하는 것이다. 다만 재하는 늘 선택받는 쪽이었다.

재하는 알고 있었다. 태주가 명에게 마음이 있다는 것을. 명도 태주에게 호감이 있다는 것을. 그걸 어찌 모르겠는가. 남자와 여자 사이에서 찰나에 오가는 신호를 감지하는 것은 자신이 전문가인데.

재하는 처음부터 알고 있었다. 태주 같은 남자는 명 같은 여자에게 끌리리라는 것을.

물론 명은 매력적이었다. 많은 남자들이 명을 매력적이라 여길 것이었다. 그러나 재하를 포함한 많은 남자들이 또다른 종류의 매력적인 여자들에게도 언제든지 얼마든지 넘어갈 마음의 준비가 되어 있는 반면, 태주는 꼭 그럴 것 같지만은 않았다. 명에게는 그녀만의 분위기가 있었다. 태주는 그런 분위기가 있는 여자를 좋아했다. 그리고 또 재하는 알고 있었다. 태주가 좋아하는, 자기만의 분위기가 있는 그런 여자들이 태주 같은 스타일만 좋아하는 것은 아니라는 것을.

오래전 재하가 경을 만났던 것은 태주가 경에게 호감이 있다는 것을 알고 나서였다. 태주가 경에게 호감이 있다는 것을 알고 나니 경이 매력적으로 보였던 탓이었다. 태주와 경이 이미 사귀는 사이였다면 경을 만나지 않았을지도 모른다. 하지만 태주와 경은 아무 사이도 아니었다. 재하가 경에게 먼저 말을 걸지 말아야 될 이유는 없었다. 연을 만나고 있었던가. 그건 재하의 문제다. 재하와 연의 문제다. 태주가 관련된 이유는 없다.

우연히 태주와 조우한 이후 지속적으로 같이 어울렸던 것은 재하가 이 모든 것을 알고 있었기 때문이었다. 재하는 태주에게 보여주고 싶었던 것인지도 모른다. 명이, 명 같은 사람이, 자기만의 분위기가 있는 그런 매력적인 여자가 자신의 애인이라는 것을 태주에게, 태주 같은 사람에게, 자기만의 분위기가 있다는 것을 다른 남자들에게 은연중에 과시하는 것처럼 보이는 친구에게 과시하고 싶었던 것인지도 모른다.

재하가 태주와 어울리고자 했던 심층의 이유가 과시를 위해서였고, 표층의 이유가 즐거워서였다면 그의 의도는 모두 원하는 바대로 귀결되었다. 충분히 과시했고, 과시와는 무관하게 그 이상으로 행복할 정도로 즐거웠다.

다만 단 하나, 아주 작은 불안감만은 그가 원하는 바대로 해소되지 않았다. 치명적으로 나쁜 결말이었다.

여러 날 전에 명은 재하에게 헤어지자고 말했다.

재하의 입에서는 태주의 이름부터 나왔다.

"태주 때문이야?"

"태주씨 문제가 아니라 우리 문제야."

"우리에게 무슨 문제가 있는데?"

"재하씨에게 마음이 없어."

재하는 다시 물었다.

"마음이 왜 달라졌는데?"

여태까지 여자들에게 많이 들어왔던 질문이었다. 재하가 그녀들에게 제대로 대답하지 못했던 질문이기도 했다.

태주 때문이 아니라면 대체 왜.

"재하씨, 다른 여자 있지 않아?"

"없어. 나한테 왜 다른 여자가 있겠어."

"그럼 다르게 물어볼게. 재하씨, 다른 여자들을 만나지 않아?"

재하는 대답하지 못했다. 다른 여자가 있는 건 아니었다. 하지만 다른 여자들을 만나지 않는 것도 아니었다. 그렇다 해도 그저 한두 번으로 끝나는 일회성 만남일 뿐이었다. 재하는 그걸 대수롭게 여기지 않았다. 명도 그럴 거라고 생각했다. 명백하게 합의하지는 않았어도 그들만의 암묵적 동의가 상호 간에 있다고, 혹은 있을 거라고 여겼다. 애인 사이에도 거리가 필요하고, 명도 자신처럼 어떤 선을 넘어가는 걸 싫어한다고 치부했다.

"정말 그것 때문이야? 가볍게 어쩌다 한두 번 만난 사람이 있었던 게 다야. 대단한 일이 있었던 것도 아니야. 그게 문제가 된다면 앞으로는 그런 일 없을 거야."

"문제가 뭐냐면,"

명은 사이를 두고 말했다.

"그런 게 아무렇지 않을 때도 있고 신경이 쓰일 때도 있어. 아무렇지도 않아서 헤어질까 하는 때가 있었어. 재하씨에게

도무지 마음이 없어서. 그러다가도 신경이 쓰여서 헤어질까 하던 때도 있었어. 마음이 있다 해도 다른 여자 만나는 애인과 계속 만날 수는 없으니까. 이럴 때는 저럴 때를 생각하고 저럴 때는 이럴 때를 생각해. 그러면 굳이 꼭 지금 끝내지 않아도 될 것 같다는 결론이 나와."

명은 다시 사이를 두고는 말했다.

"그런데 이제는 정리할 때가 됐어. 이렇다 해도 헤어져야 하고 저렇다 해도 헤어져야 해. 우리는 여기까지야."

재하는 말을 삼켰다. 그게 다가 아니지 않느냐고. 태주 때문이 아니냐고.

자신의 여자라고 생각했던 사람이, 자신의 여자가, 자신이 좋아하는 여자가 다른 남자 때문에 자신을 외면하는 상황이 되니 지난 며칠간 이전에는 알지 못했던 감정에 사로잡혔다. 어떤 상실감 같기도 했고, 괴로움 같기도 했고, 외로움 같기도 했다. 하루이틀 시간이 지나갈수록 여러 가지 감정들이 하나로 좁혀졌다. 명에 대한 그리움이었다. 재하는 스스로 생각했던 것 이상으로 명을 사랑했음을 깨닫게 되었다.

"내가 명을 좋아해."

낮은 목소리로 태주가 한번 더 말했다. 그 말이 재하의 귀에 아득하게 들렸다.

　아슬아슬한 줄타기가 끝났다. 애초에 재하는 누구도 떨어뜨리고 싶지 않았다. 다만 태주를 줄 위에 올려놓고 싶은 마음이 조금, 아주 조금 있었을 뿐이었다. 어느 순간 재하는 태주가 줄 위에 있다는 걸 잊었다. 세 사람이 어울렸던 시간은 어떤 시간들보다 좋았다. 명은 더 매력적으로 보였다. 그만큼 명의 애인인 자신이 더 괜찮은 사람이 된 것도 같았다. 다른 여자를 만날 때도 명을 생각했다. 하지만 자신도 모르는 사이에 자신이야말로 줄 위에 있었다. 자신도 모르는 사이에 줄타기는 계속되고 있었다. 이제 줄타기는 끝났다. 떨어진 사람은 자신뿐이었다.

　오래전 그날 밀러 라이트를 마시면서 재하는 태주에게 미안하다는 말을 하고 싶었다. 말이 나오지 않았다. 왜 미안한지 설명할 수도 없었다. 같이 맥주를 마시며 한산한 거리를 멍하니 바라보고 있다보니 왠지 태주가 자기 마음을 알아줄 것 같기도 했다.

　오늘 태주는 자신의 마음을 절대로 알지 못할 것이다.

　명을 잃었다고 생각하니 혼돈이 시작되었다. 하나의 세계가 무너졌다.

5. 페이퍼 나이프

금요일 밤이었다. 태주는 휴대전화를 들여다보다가 명의 연락처를 찾아보았다. 실수로 통화 버튼을 누르고는 깜짝 놀라 황급히 종료 버튼을 눌렀다. 확인해보니 이미 발신이 되어 있었다. 실수였지만 목적이기도 했다. 태주는 다시 통화 버튼을 눌렀다.

명이 전화를 받았다. 태주는 머뭇거리며 통화 버튼을 잘못 눌렀다고 말했다. 스스로 정말 바보 같은 말을 하고 있다고 생각했다.

"지금 잠깐 볼 수 있어요?"

그 말이 하루종일, 지난 여러 날 동안 하고 싶었던 말이었다는 것을 말하고 나서 깨달았다. 언어는 가끔 존재를 규정한다.

말은 가끔 행위를 규정한다. 온갖 생각들로 복잡했던 머릿속이 단번에 명쾌해지는 느낌이었다. 명이 보고 싶었다. 명을 봐야 했다.

명이 되물었다.

"지금요?"

"꼭 해야 하는 말이 있어요."

"지금 제가⋯⋯"

태주는 명의 말을 잘랐다.

"잠깐이면 돼요."

곧바로 다급하게, 하지만 천천히 한숨을 내쉬듯 말을 더했다.

"아주 잠깐이면 돼요."

명은 집 앞으로 오라고 말했다.

태주는 택시에서 내렸다. 한밤중의 상암동 거리는 조용했다. 자동차들은 드문드문 지나갔다. 명은 길가에 나와 있었다. 후드티에 헐렁한 청바지 차림이었다. 태주는 명 앞으로 다가갔다. 왜 벌써 나와 있느냐 말하고는 머뭇거렸다. 말을 찾지 못했다. 어떻게 말을 시작해야 할지 알 수 없었다. 그러다가 불쑥 말이 튀어나왔다.

"나는 당신을 사랑해요."

갑작스러운 태주의 고백에 명의 눈이 커졌다. 침묵이 흘렀다.

고백의 순간 직전까지 거절에 대한 두려움이 한껏 치솟았는데 막상 말하고 나니 태주는 마음이 담담해지는 것을 느꼈다.

명이 가만히 웃고는 말했다.

"웃어서 미안해요. 나도 모르게 웃음이 나왔어요. 왠지 그 말이 연극적으로 들려서요."

태주는 조금 머쓱해졌다. 연극적이라는 말이 상황을 다르게 만들었다. 갑자기 남녀 사이에 가장 초조하고 숨막히는 고백의 장면을 무대 아래서 바라보는 관객이 된 것도 같았다. 한편으로는 의아해지기도 했다.

"연극적이라는 게 무슨 뜻인가요?"

"일상적으로는 그렇게 말하는 경우가 드물지 않아요? 그런 말을 처음 들어봐서 그런지도 모르겠어요."

"다른 사람들은 사랑을 고백할 때 뭐라고 해요?"

"사랑에 대한 표현은 대체로 비슷하겠죠. 다만 아이 러브 유를 정확하게 직역한 말을 많이 쓰진 않을 것 같은데."

"어떤 말들을 들어오셨길래……"

"사랑한다는 얘기를 들어본 적이 없는 것 같아요. 너를 좋아한다는 정도였나."

명은 태주를 바라보며 물었다.

"태주씨는 예전에도 그렇게 말했어요?"

태주는 잠시 생각해보았다.

"그 문장은 처음으로 말해본 것 같아요. 우리말은 주어와 목적어가 생략되는 경우가 많으니까. 그 동사도 처음으로 말해본 것 같고……"

태주는 또 잠시 생각해보았다.

"마음을 잘 나타내려다보니 안 하던 말도, 못하던 말도 하게 되는 건데, 무의식적으로 내용을 넘어서는 형식이 채택된 게 아닐까 싶기도 하고……"

"기의를 압도하는 기표라는 건가요. 사랑을 압도하는 고백이네요."

태주도 가만히 웃었다. 사랑에 대한 고백이 기의와 기표 얘기로까지 가는 상황에 왠지 웃음이 나왔다. 이윽고 태주는 웃음기를 거두고 진지한 목소리로 다시 말했다.

"그게 듣기 불편한가요?"

태주는 명을 바라보았다. 평온함이 다시 불안함으로 바뀌었다.

명이 미소를 지으며 대답했다.

"듣기 좋아요. 한번 더 말해봐요."

사랑이 사랑의 말을 만들었다. 사랑의 말이 사랑을 만들었다. 기의가 기표를 만들었고, 기표가 기의를 만들었다. 명에 대한 사랑이 사랑의 발화를 만들었지만 사랑의 발화는 명에 대한 사랑을 더 깊게 만들었다.

태주는 더할 나위 없이 명을 사랑하고 있다고 생각했다. 하지만 그게 아니었다. 명에 대한 사랑이 조금 전보다 더 깊어졌음을 깨달았다. 태주는 마음을 담아 말했다.

"나는 당신을 정말 사랑해요."

명은 태주를 물끄러미 바라보았다. 두 사람의 시선이 마주쳤다. 명의 눈길에 태주의 간절한 눈빛이 담겼다. 이윽고 얼굴을 돌리면서 명이 말했다.

"캔맥주 하나 따려던 참이었는데 같이 한잔할래요? 안주는 없지만."

태주가 명의 집에 들어섰다.

명은 냉장고에서 하이네켄을 두 개 꺼내서 태주에게 하나를 건넸다. 태주는 캔 뚜껑을 따서 명에게 주었다.

"제 건 제가."

"이리 줘요."

태주는 명에게 받은 캔 뚜껑을 땄다. 명과 가볍게 캔을 부딪고는 한 모금 마셨다. 입안에서 맥주의 탄산이 부서지면서 일시에 갈증이 해소되는 것 같았다. 다시 캔을 들고는 벌컥 마셨다. 명은 올리브를 접시에 담아 태주 앞에 내려놓았다. 태주는 올리브를 한 알 입에 넣었다.

"이거 짜요. 조금씩 먹어야……"

명의 말보다 태주가 씹는 속도가 빨랐다.

"짜네요. 정말."

"잘못 샀어요. 버릴 순 없고. 조금씩 먹어야 해요."

명은 올리브를 조금 베어 물었다.

"나도 태주씨가 좋아요."

내려놓은 올리브를 포크로 굴리면서 명이 말했다. 태주는 기뻤지만 잠시였다.

"하지만 태주씨를 만나는 게 어떨지 모르겠어요."

태주는 작심하고 물었다.

"재하 때문인가요?"

"꼭 그런 건 아니지만, 그래도 이런 건 내키지 않아요."

"이런 게 내키지 않을 정도로 친하지는 않아요."

태주는 힘주어 한마디를 덧붙였다.

"다행히도."

명이 웃었다.

"태주씨 정말, 은근히 웃겨요."

태주는 진지하게 말했다.

"정말이에요. 그날 재하와 둘이서만 마주쳤다면 안부 인사만 나누고 헤어진 뒤로는 서로 연락하지 않았을 거예요."

"꼭 재하씨 때문만은 아니에요. 재하씨에게는 이미 헤어지자 했어요. 그건 또 태주씨 때문은 아니에요."

명은 고개를 갸웃거리고는 말했다.

"아니 사실 이건 재하씨 때문이기도 해요. 재하씨하고 헤어졌든 그렇지 않든 태주씨하고 만나는 게 어떨지 잘 모르겠어요. 그리고 또 재하씨하고 헤어져야 할 것 같았던 게 태주씨 때문이기도 해요. 잘 모르겠어요. 이렇게 뭐가 뭔지 잘 모르는 상태에서 시작하는 건 어려워요."

태주는 맥주 캔을 비웠다. 탄산이 부서지는 청량감은 더이상 생기지 않았다. 완곡한 거절이라 생각하니 어쩐지 맥이 풀리는 것 같았다.

명이 가만히 있다가 다시 말했다.

"나는 현실적인 사람이에요. 분명한 게 좋아요. 뭐가 뭔지 모르는 그런 상태는 바라지 않아요."

명은 현실적인 사람이었다. 스스로에 대해 그렇게 생각했다.

일찍부터 공부를 잘했던 탓에 어머니는 명에게 의대에 가라고 했다. 아버지는 그녀에게 의사를 꼭 하고 싶은 게 아니면 하지 않아도 된다고 말했다. IMF 시절이었다. 책을 좋아했기에 문과로, 어문 계열로 가고 싶은 마음도 있었지만 내비치지 않았다. 이과도 많이 싫은 건 아니었다. 명은 두 사람의 말을 다 거스르지 않았다. 치의예과로 갔다.

국가고시에 합격하고 학교를 졸업하고 페이 닥터의 삶이 시작되었다. 하루종일 다른 사람의 입안을 들여다보는 일이 반복되고 또 반복되었다. 퇴근 후에 맥주를 마시며 책을 읽는 게 낙이었다. 그러면서 자신의 선택에 만족해했다. 의대에 갔더라면 본과 졸업 후에도 꽤 오랫동안 그런 낙은 없었을 것이었다. 아버지의 병원비를 보탤 수 있다는 것도 좋았다. 치의예과에 가지 않았다면 그렇게 못했을지도 모르는 일이었다.

아버지 때문에 서두른 결혼이었다. 아버지가 세상을 떠나고 나니, 그리고 어머니가 새 남자친구와 같이 사는 것을 보니 결혼생활이 더 의미 없게 느껴졌다. 이혼을 감행했다. 어머니는 반대하지 않았다. 남편은 반대했다. 그는 마음속 깊이 아이를 원했다. 명은 자신은 아이를 원하지 않는다고 말했다. 앞으로도 그럴 거라고 말했다. 결국 남편은 전남편이 되는 데에 동의했다.

이혼을 하고 나니 분명 자신이 원하는 바대로 되었는데도 좋기만 한 것은 아니었다. 결혼생활은 삭막했다. 하지만 이혼 이후의 삶에도 이전과는 또다른 삭막함이 있었다. 어느 시기 이후로는 어쩌면 인생 자체가 삭막한 것인가. 병원을 그만두었다.

학창시절 아무것도 하지 않고 책이나 읽으면서 살면 좋겠다는 생각을 했던 것이 떠올랐다. 트렁크에 십여 권 두꺼운 책들을 담았다. 치앙마이로 갔다. 한 달 가까이 치앙마이 거리의 카페들을 오가면서 책을 읽었다. 그 동네에서 할일이라곤 산

책과 식사와 커피 마시기와 책 읽기밖에 없었다. 인터넷 속도가 아주 느린 편은 아니었지만 빠를 필요도 없었다. 치앙마이에서 인터넷으로 확인해야 할 정보들은 치앙마이에 대한 것들뿐이었다. 커피가 맛있는 카페라거나, 카레 맛집이라거나. 삼십 년을 산 서울에서 자신을 궁금해하는 사람은 거의 없었다.

돌아온 뒤에 다시 취직하지 않았다. 일급 개념으로 단기 아르바이트를 할 일들이 생겼다. 출산이라거나 휴가라거나 해서 생기는 공백을 길어야 몇 주 정도 메우면 되는 일들이었다. 아르바이트가 끝나면 트렁크에 책을 열 권 남짓 담아서 다른 도시로 갔다. 윈난으로, 다낭으로, 루앙프라방으로.

앨리스를 데리고 오면서 명은 더이상 낯선 나라의 낯선 도시를 찾지 않게 되었다. 재하에게 맡기고 갈 수도 있었지만 굳이 가게 되지는 않았다. 앨리스와 같이 살면서 명은 비로소 안정감을 느낄 수 있었다. 안정감을 느끼게 되면서 비로소 이전의 자신이 얼마나 불안정한 상태였는지 깨닫게 되었다. 앨리스로 인해 마음 둘 곳이 생겼다. 몸을 둘 곳도 생겼다. 앨리스 옆이었다. 그 정도면 충분했다. 더 바라지 않아도 되었다. 태주를 만나기 전까지는. 태주와 키스하기 전까지는. 태주와 같이 자기 전까지는. 태주가 사랑한다고 말하기 전까지는.

태주는 자리에서 일어났다.

명이 말했다.

"냉장고에 맥주 더 있어요. 제 것도요."

그게 아니라 일어나려는 거라고, 가려는 거라고 말하는 대신 태주는 냉장고로 향했다. 어느 틈에 앨리스가 나타나서 태주의 발목에 뺨을 문질러댔다. 태주는 낯선 느낌에 가만히 서 있었다.

명이 말했다.

"저러지 않는 앤데, 태주씨가 좋은가봐요."

"얼굴을 대는 게요?"

"냄새를 묻히는 거예요. 영역 표시하는 거. 우리가 침 발라놓는 거랑 비슷한 건가? 어쩌나, 태주씨는 이제 앨리스 거예요."

태주의 얼굴이 밝아졌다. 캔 두 개를 들고 테이블로 돌아왔다. 그러고는 말없이 캔을 조금씩 비웠다. 명도 말없이 캔을 비웠다. 태주는 올리브를 조금씩 씹다가 짐짓 얼굴을 찌푸렸다.

"이거 조금씩 먹어도 짜요."

명이 장난기어린 목소리로 말했다.

"그럼 더 조금씩 먹어요."

어느덧 두 사람이 마시던 맥주 캔이 비었다. 이번에는 명이 냉장고로 향했다. 캔 두 개를 들고 왔다. 빈 캔이 늘어날수록 태주는 홀가분해지는 느낌이었다. 이상하게도 약간의 안도감도 생겼다.

더이상 맥주가 남아 있지 않자 태주는 일어나려고 했다. 가야 한다 생각하니 약간의 안도감은 사라져버렸다. 낙망으로, 절망으로 바뀌었다.

"올리브도 조금씩 많이 먹었고. 그럼 이제 그만 가야겠어요."

태주가 일어섰다. 명도 따라 일어섰다. 태주와 명의 눈이 마주쳤다. 명의 눈을 보자 태주는 낙망도 절망도, 내내 했던 생각들도 다 잊어버렸다. 눈앞의 그녀만이 모든 것이었다. 태주는 명을 가만히 끌어안았다. 처음부터 그렇게 하기로 되어 있었다는 듯이 명의 입술을 찾았다. 명은 그대로 있었다. 태주의 입술이 닿자 명의 입술이 달싹였다.

태주의 손이 명의 허리로 내려갔다. 명의 두 팔이 태주의 목에 감겨왔다. 태주는 명의 등을 부드럽게 쓸어내리며 어루만졌다. 그러고는 천천히 걸음을 옮겨 방으로 향했다. 태주와 명은 끌어안은 채로 침대로 쓰러졌다.

잠깐만요. 명이 몸을 일으켰다. 앨리스가 지나갈 만큼의 틈을 남기고 방문을 닫았다. 거실의 불빛이 차단되었다. 어느 틈에 방으로 들어온 앨리스의 눈이 어둠 속에서 반짝거렸다. 태주는 다시 명의 입술로 미끄러졌다. 명의 입술은 한없이 부드러워서 거기에 닿는 모든 것이 녹아내리는 것만 같았다.

그러고는 명의 보드라운 뺨으로, 떨리는 눈꺼풀로, 말랑한 귓가로. 명의 귀에 속삭였다.

"나는 당신이 정말 좋아요."

다시 명의 고운 목덜미로. 섬세한 쇄골로, 가는 어깨선으로. 뽀얀 가슴으로, 완만하고 따스한 아랫배로. 은밀하고 깊은 곳으로.

명이 몸을 일으켰다. 태주에게 키스하고는 천천히 움직이기 시작했다. 솜털처럼 부드럽게, 나비의 날갯짓처럼 우아하게, 떨어지는 깃털처럼 리드미컬하게. 태주는 숨죽여 명의 움직임을 따라갔다. 명의 몸짓에 물들어 아득하고 아득한 곳으로.

*

다음날 아침 태주는 시끄러운 소리에 눈을 떴다. 전동 그라인더 소리였다. 뭔가 따뜻하고 포근한 향기가 공간을 메웠다. 명은 천천히 커피를 내렸다.

"향이 좋아요. 원두 종류가 뭐예요?"

"블렌디드요. 이것저것 섞여 있는. 태주씨는 단품을 더 좋아해요?"

"다른 사람이 내려주는 커피를 좋아해요."

"나랑 같네. 그게 나이가 들어간다는 증거예요."

"맛을 잘 몰라서 주는 대로 마시는 거예요."

커피를 맛보고는 태주가 말했다.

"방금 가장 좋아하는 커피가 생겼어요."

명이 살짝 눈을 흘겼다.

"나한테만 커피 내리라는 거예요? 다음에는 태주씨가 내려요."

태주가 말했다.

"얼마든지요. 다만 내리는 방법도 정확히 모르고, 어쩌다 한 번 아무렇게나 내려서 별로 맛이 없어요."

명이 대답했다.

"아무렇게나 내려도 돼요. 물을 한꺼번에 붓는 드립도 있고 한 방울 한 방울 내리는 드립도 있어요. 그 사이에 아주 많은 방법들이 있어요. 어차피 우리가 마실 거라 아무렇게나 내려도 돼요."

"아무렇게나?"

"아무렇게나."

명은 말에 가만히 힘을 주었다.

"그럼 우리는?"

명은 작은 한숨을 쉬었다. 태주는 말을 이었다.

"아무렇게나도 좋지만 어떻게든 나하고 같이 가봐요. 커피 내리는 방식이 다양해서 아무렇게나 내려도 된다지만 그중에서 좋아하는 커피 맛이 나오는 방식이 있을 거잖아요. 그러니까 우리도 우리의 방식으로 같이 가봐요. 어떻게든."

명은 물끄러미 커피잔을 내려다보고만 있었다. 그러다가 문득 고개를 들고 말을 돌렸다.

"태주씨, 오늘은 뭐해요?"

"다른 일정 없어요."

"나도 없어요. 우리 같이 있을까요?"

태주는 '우리'라는 말이 반짝거리는 것처럼 느껴졌다.

"좋아요. 뭘 하고 싶어요?"

"태주씨는요?"

"나는 같이 있기만 하면 돼요. 다 좋아요."

"여자하고 꼭 같이 해보고 싶었던 게 뭐가 있었어요?"

"갑자기 떠오르는 게 없네요. 먼저 말해봐요."

명은 잠시 생각을 해보았다.

"같이 야구 보는 거? 한 번도 해본 적이 없어요."

"야구 좋아해요?"

"중학생 때 아빠가 잠실야구장에 데려간 적이 있어요. 가까웠거든요. 다리 하나만 건너면 됐으니까. 야구에 대해서는 하나도 몰랐고 아무 관심도 없었는데 투수가 공을 던지는 모습이 갑자기 눈에 들어온 거예요. 머리가 길었고 왼손으로 던져서 더 특이해 보였어요. 공 하나하나 머리끝에서 발끝까지 온몸으로 던지는 느낌이었는데, 그게 이상하게도 감동적이었어요. 그렇게 그 선수 팬이 되었고 그 팀 팬이 됐어요."

"아."

"그래서 꼭 해보고 싶었던 게 뭐냐면 같이 한국시리즈 보는 거. 피시방의 속도 빠른 컴퓨터 앞에서 손가락을 푼 담에 미친 듯이 클릭을 해서 인터넷 예매에 성공하고는 의기양양하게 잠실야구장에 가는 거예요. 혹은 티케팅에 실패하더라도 티브이 중계를 같이 보는 거예요. 꼭 같은 팀 팬이 아니어도 같이 보면 정말 재미있을 거예요. 아니 아니."

명은 짐짓 우울한 목소리로 말했다.

"둘이 보든 혼자 보든, 그 팀이 한국시리즈에 진출하기라도 하면 소원이 없겠어요."

명이 또 잠시 생각하다가 말했다.

"하나 더 있어요. 해본 적 없는 게."

"뭔데요?"

"같이 책을 읽는 거요."

"그게 뭐 대단한 거라고 같이 못해봤어요?"

"각자 다른 책을 읽는 게 아니라 같이 같은 책의 같은 대목을 읽는 거요."

"어떻게요?"

"몇 줄씩 번갈아가며 소리 내서 읽어보는 거예요. 태주씨는 그래본 적 있어요?"

"나도 없어요."

"그럼 우리, 같이 책을 읽어볼까요?"

'우리'라는 말이 태주의 눈앞에서 다시 반짝거렸다.

"재미있을 것 같네요. 무얼 읽을까요?"

명은 곧바로 대답했다.

"세계 문학사에서 가장 매력적인 여주인공이 나오는 소설 어때요?"

"그게 뭔데요?"

"『안나 카레니나』."

명은 또렷하게 발음했다. 너무도 또렷하여 기표가 기의를 압도할 정도였다. 명의 안나 카레니나라는 발화가 안나 카레니나에 담겨 있는 모든 함의를 넘어서는 것 같았다.

"안나 카레니나가 세계 문학사에서 가장 매력적인 여주인공 인가요?"

"우리가 좋아하는 나보코프가 세계 문학사에서 가장 매력적인 여주인공이 바로 안나라고 했어요."

태주는 나보코프와 안나 카레니나가 같이 들어가 있는 문장이 매우 마음에 들었다. 게다가 그 문장 안에 '우리'가 들어가니 왠지 문장도 상황도 더할 나위 없이 완벽해진 것처럼 여겨졌다.

"어릴 때 읽었는데 기억나는 게 없네요. 읽다가 덮어버렸나.

그저 엄청 길었다는 느낌밖에. 나보코프가 『안나 카레니나』를 좋아하는 건 의외네요. 톨스토이는 뭔가 계몽이나 사상 같은 커다란 걸 소설 속에 꾹꾹 눌러 담는 느낌이고, 나보코프는 그런 것과는 반대편에 서 있는 예술지상주의자 같은 느낌인데 말이죠."

"나보코프는 디테일이 전체보다 우월하다고 주장해요. 그리고 『안나 카레니나』는 디테일에 있어서 압도적인 작품이라는 게 나보코프 생각이에요."

"사상만 꾹꾹 눌러 담은 게 아니라 디테일까지 꾹꾹 눌러 담아서 그게 그렇게까지 길어진 거군요."

"아니, 이분이. 나의 사랑스러운 안나를."

명은 살짝 눈을 흘기고는 책장으로 가서 『안나 카레니나』를 찾아 들고 왔다.

"먼저 읽어봐요. 안나와 브론스키가 기차 안에서 처음으로 만나는 장면이에요."

명은 책을 펼쳐 한 대목을 손가락으로 가리켰다. 태주는 소리 내어 읽기 시작했다.

"그는 실례를 표하고 차량 안으로 들어갔지만, 그녀를 한 번 더 쳐다봐야 할 것만 같았다. 그것은 그녀가 아주 아름답거나 외모 전반에서 세련됨과 겸허한 우아함이 우러나와서가 아니라, 그의 곁을 지나쳤을 때 그 사랑스러운 얼굴 표정에 유달리 다정하고 상냥한 무엇이 담겨 있었기 때문이었다. 그가 뒤를 돌아보았을 때 그녀 역시 고개를 돌렸다. 짙은 속눈썹 때문에 검게 보이는 빛나는 잿빛 눈동자가 마치 지인을 알아본 것처럼 그의 얼굴을 호의적으로 잠시 주시하더니, 곧바로 누군가를 찾으려는 듯 다가오는 한 무리의 사람들에게로 시선이 옮겨갔다. 그 짧은 눈길을 통해 브론스키는 그녀의 얼굴에 아른거리는, 그리고 빛나는 두 눈과 진홍빛 입술을 빙긋이 끌어당기는 희미한 미소에서 감도는 억제된 생기를 감지할 수 있었다. 마치 무언가가 그녀의 존재를 가득 채우고 넘쳐흘러서 의지와는 무관하게 시선의 광채나 미소를 통해 발산되는 것만 같았다. 두 눈 속의 불빛을 그녀는 일부러 꺼버렸지만, 빛은 그녀의 의지에 반하여 보일 듯 말 듯한 미소 속에서 반짝이고 있었다."

태주가 소리 내어 읽기를 마치자 명이 말했다.

"태주씨, 책 읽는 목소리가 참 듣기 좋아요."

"소리 내서 책을 읽어보는 게 대체 얼마 만의 일인지 모르겠어요."

태주는 말을 이었다.

"안나 카레니나의 첫인상이 이렇게 다정하고 상냥하고 사랑스러운 느낌이었군요. 몰랐어요. 의지와 무관한 시선의 광채와 진홍빛 입술 위에 머무는 미소라니."

명이 의기양양한 어조로 말했다.

"안나가 그런 여자예요."

태주는 『안나 카레니나』에서 눈을 떼고 명을 바라보았다. 명을 바라보면서 처음 보았을 때의 명을 떠올렸다. 다정하고 상냥하고 사랑스러운, 눈빛과 입술과 미소.

명은 책의 다른 페이지를 펼쳐 들었다.

"안나는 무도회에서 브론스키를 만나 춤을 추고, 서둘러 상트페테르부르크의 집으로 돌아가는 기차를 타요. 춤을 추면서 두 사람 사이에는 불꽃이 튀었고 안나는 그게 두려웠던 거예요. 기차에서 안나는 빨간 손가방을 열고 작은 쿠션과 영국 소설과 페이퍼 나이프를 꺼내요. 쿠션을 무릎에 놓고 책을 읽기 시작해요. 이번에는 제가 읽어볼게요."

명은 나직한 목소리로 책을 읽어나갔다.

"정말 어떻게 된 것일까? 저 애송이 장교와 나 사이에 보통 친지 이외의, 어떤 다른 관계라도 있는 것일까, 아니 있을 수 있단 말일까? 그녀는 비웃는 듯이 미소를 짓고 다시 책을 들었다. 하지만 이미 무엇을 읽는지 조금도 이해할 수 없었다. 그녀는 페이퍼 나이프로 창유리를 문지르고 그 차갑고 매끄러운 면을 뺨에 갖다댔다. 그러자 갑자기 아무 이유 없이 터져나오는 기쁨에 자칫 소리 내어 웃을 뻔했다."

명은 책에서 눈을 떼지 않고 말했다.

"처음 읽었을 때부터 이 대목이 매우 인상적이었어요. 빨간 손가방에서 꺼낸 영국 소설과 페이퍼 나이프. 어떻게 생긴 빨간 손가방인지, 영국 소설이란 무엇이었는지. 특히 페이퍼 나이프라는 건 대체 뭔지도 모르면서도 오래도록 기억에 남아 있었거든요."

명은 커피를 한 모금 마시고는 말을 이었다.

"나보코프가 디테일이 전체보다 우월하다고 했을 때도 이 대목의 페이퍼 나이프가 떠올랐어요. 사실 소설 속에서 페이퍼 나이프가 큰 의미가 있는 것도 아니고 무슨 상징도 아니고 그저 소품일 뿐이거든요. 영화 〈안나 카레니나〉 봤어요?"

"아뇨."

"이 장면을 눈여겨봤어요. 예전 영화에서는 밤 기차 창가에서 검은 샤프카를 쓴 소피 마르소가 촛불을 밝히고 책을 읽어요. 은빛의 나이프로 페이지 윗부분을 자르는데 탄성이 절로 나왔어요. 저게 페이퍼 나이프구나. 저렇게 쓰는 거구나. 저 시대에는 책을 재단하지 않은 채로도 출간했구나."

명은 잠시 말을 멈추었다.

"그리고 또 몇 해 전에 나온 키이라 나이틀리의 〈안나 카레니나〉에서 이 장면은 더 인상적이에요. 잿빛 샤프카를 쓴 키이라 나이틀리가 책을 읽다가 페이퍼 나이프를 뺨에 갖다대요. 푸른빛이 감도는 페이퍼 나이프는 칼날을 따라 음각이 되어 있는지 불빛 속에서 칼날의 선이 또렷하게 보이는데……"

명은 또 말을 멈추더니 피식 웃음을 지었다.

"그 페이퍼 나이프가 정말 탐나더라고요. 혹시 구할 수도 있는 건지 외국 사이트들도 검색해봤는데, 그런 모양의 페이퍼 나이프는 없던걸요."

태주도 따라 웃었다.

"아니, 디테일 얘기하더니 소유욕으로 귀결되나요."

"그럼요. 안나의 페이퍼 나이프인데. 영화가 페이지 윗부분을 잘라가며 책을 읽어야 하는 시절에 개봉되었다면, 그 페이퍼 나이프 사는 사람들 엄청 많았을 거예요."

태주는 잿빛 샤프카를 쓴 키이라 나이틀리가 밤의 기차 창가에서 푸른빛의 페이퍼 나이프를 뺨에 대는 장면을 상상했다. 그리고 또 명이 샤프카를 쓰고 페이퍼 나이프를 뺨에 대는 장면을 상상해보았다. 다정하고 상냥하고 사랑스러운. 그리하여 매혹적인. 그러다가 키이라 나이틀리가 나오는 또다른 영화가 떠올랐다.

〈러브 액츄얼리〉에서 앤드루 링컨은 스케치북을 들고 키이라 나이틀리에게 고백한다. 그녀는 이미 다른 사람의 아내였고, 그 다른 사람이란 가까운 친구였다. 앤드루의 고백을 받고 키이라는 그의 뺨에 키스했다. 고백 후 돌아서며 앤드루는 혼잣말을 했다. 이걸로 됐어. 그걸로 끝이었다. 그들은.

그 영화의 여러 남녀 주인공 중 사랑이 이루어지지 않은 유일한 사람이 앤드루였다. 앤드루는 시작도 못했지만 자신은 그렇지 않았다. 시작을 했다. 명과.

*

하루가 지났다. 일요일이었다. 어제만 해도 태주는 더할 나위 없이 명을 사랑한다고 생각했다. 그게 아니었다. 더할 나위가 계속 생겨나고 있었다. 이제 명의 집에서 나와 명과 떨어져 있게 되니 명과 함께 있던 시간보다 명에 대한 마음이 더 깊어지는 것 같았다. 어쩌면 내일은 오늘보다 마음이 더 깊어질지도 모른다.

태주는 명에게 전화했다.

"저녁 먹을까요? 그리로 갈까요?"

"같이 저녁 먹는 건 좋아요. 오늘은 태주씨 집에 가보면 어때요?"

태주는 조금 당황했다. 주저되기도 했다. 재하가 의식된 탓이었다. 어디인지도 모르고 가본 적도 없지만 재하의 집은 크고 번듯할 것 같았다.

"누추한데."

명이 웃었다.

"우리가 다 누추해요."

"우리집에는 뭐 해 먹을 게 없는데."

"같이 간단하게 장 보고 해 먹어도 좋지만 치킨이든 피자든 시켜서 맥주 한잔 해요."

"새절역으로 와요."

약속 시간에 태주는 역까지 마중나갔다. 명의 손을 잡고 천천히 언덕길을 올라갔다. 편의점에 들러 팔리아멘트와 던힐과 하이네켄을 샀다.

"저 앞에 있는 산이 봉산이에요. 서울하고 경기도의 경계. 수색부터 구파발까지 이어져요. 그래서 연신내에서 내려오는 길이 느낌이 묘해요. 시내로 나가는 길인데 아무리 가도 경기도 바로 옆이니."

"반드시 시내로 나가야 하는 게 아니라면 언제든 서울을 벗어날 수 있는 거네요."

봉산 기슭에 있는 단독주택 앞에서 걸음을 멈추었다. 원래는 차고였을 자리에는 작은 가죽 공방이 있었다. 공방 옆의 초록색 철대문을 열고 계단을 몇 개 올라갔다. 조그마한 마당이 나왔다. 명이 탄성을 발했다.

"마당이 있는 집은 정말 오랜만이에요. 어떻게 이런 집을 구했어요?"

"처음부터 단독주택을 구한 건 아니고 싼 데 찾다보니 온 거예요. 여기가 교통은 살짝 불편하고, 집은 사시사철 시원해요. 겨울에는 특히 싸늘한데다가 눈비 때문에 언덕길이 빙판이 되면 지하철역까지 오가기가 더 불편해요. 산 아래라 여름에는 벌레도 많고요. 그래서 그런지 의외로 싸서 들어오게 됐어요."

이 방 저 방 집 구경을 하면서 명이 말했다.

"방이 세 개나 있네요. 거실은 넓지 않고 부엌은 좁지 않은 것도 재미있어요."

"지난 세기에 여러 식구들 살기에는 이런 구조가 괜찮았나 봐요."

피자가 배달되어 왔다. 맥주를 마시면서 명은 말을 이었다.

"어릴 때는 이보다 작은 집에서 세 식구가 살았는데, 그 집 떠날 때까지 좁다는 생각은 한 번도 해본 적이 없어요. 나는 그 집에 살 때가 참 좋았어요. 아주 어릴 때 창경원에 간 적 있다고 했잖아요. 창경원, 밤, 벚꽃, 놀이. 나는 그 단어들이 참 좋았어요. 아빠하고 엄마하고 사이가 제일 좋았던 시절이었을 거예요."

명은 사이를 두고 말했다.

"대놓고 물었던 적이 있어요. 아빠 건강이 많이 안 좋을 때라 뭔들 못 묻나 하는 맘으로. 그땐 엄마하고 사이가 좋았냐고. 아빠가 말없이 웃어요. 사이가 좋았다고 하시는 거예요. 또 대놓고 물었죠. 그럼 언제부터 사이가 나빠졌냐고. 그 질문엔 아빠가 웃지 않더라고요. 그냥 너는 잘살라고. 그러고 나서 얼마 지나지 않아 돌아가셨어요."

태주는 또, 황망했겠어요, 말하려다가 말을 삼켰다. 한편으로는 클리셰 같아서 진부하고 한편으로는 문어체적이라 거리감이 있어서였다. 그때 명이 툭 던지듯 말했다.

"황망했어요. 그때 참."

태주는 살짝 놀랐다. 생각은 언어로 이루어진다. 특정 상황에서 같은 단어를 떠올리는 것은 생각의 경로가, 감정의 경로가 비슷하다는 것이다. 언어는 존재의 집이다. 명의 언어는 태주의 것과 다르지 않았다. 같은 집의, 같은 세계의 인간인 것이다.

"아빠가 돌아가시고 나서 엄마는 잘 지내요. 아빠가 없어서 잘 지내는 게 아니라 새 남자친구가 생겨서. 내가 알기로는 엄마 인생에서 두번째 남자예요."

명은 잔을 비웠다.

"우리 부모는 나 때문에 끝까지 이혼 못했어요. 근데 나도 아빠 때문에, 살아 계실 때 해야 할 것 같아서 결혼을 서둘렀어요. 그때는 몰랐지만 나중에 알았어요. 부모 자식 간이라 해도 자식 때문에 부모가 힘들게 살 수도 있고, 부모 때문에 자식이 힘들게 살 수도 있구나. 부모가 더이상 나 때문에 힘들게 살지 않는 상황이 되었으니 나도 그래야겠다 싶어서 이혼했어요."

명은 식어가는 피자를 한입 베어 물었다.

"태주씨 부모님은 어땠어요?"

"평범해요. 아버지는 회사원이었고 어머니는 동네에서 서점을 몇 년 했어요."

태주는 피식 웃으며 말을 이었다.

"그 많은 자영업 중에서 하필이면 망할 게 뻔한 동네 서점을 했어요. 그래도 서점 일 도와드리는 거 좋아했었는데."

"그래서 책을 많이 읽게 된 거였어요?"

"서점 직원은 책 읽을 시간이 없어요. 장사는 잘 안 됐지만 할일은 많았거든요. 그래도 책들 사이에 있는 건 좋았어요."

명을 만나기 전에 태주는 자신이 예쁘고 말이 잘 통하는 유형의 여자를 좋아하는 줄로만 알았다. 명을 알게 된 이후 태주는 깨달았다. 어떤 미녀들보다 명처럼 생긴 여자를 예쁘다고 여긴다는 것을. 그리고 명과 대화할 때만큼 누군가와 잘 통한다고 생각한 적이 없었다는 것을.

명보다 더 괜찮은 여자는 찾지 못할 것이다. 아니, 명에게 느끼는 감정보다 더한 감정을 느낄 수 있는 여자는 찾지 못할 것이다. 이번 생은 그렇게 될 것이었다. 그리고 다음 생은 부재할 것이다. 명이 부재한다면 다음 세상이든 이번 세상이든 의미가 없다.

빈 캔이 하나씩 하나씩 늘어갔다. 밤이 깊어갔다. 명이 일어났다.

"왜 일어나는 건가요?"

"집에 가야 해요."

"왜요?"

"앨리스를 혼자 두기가 좀 그래요. 걔가, 분리 불안 같은 게 있어서 제가 없으면 밤새 잘 못 있어요. 고양이는 하루이틀 혼자 놔둬도 된다고 했는데, 하룻밤 비웠다가 들어가서 보면 앨리스는 뭘 먹지도 않고 있어요. 또 뒤끝인지 심술이 이만저만이 아니에요."

"무슨 심술을 부려요?"

"잠깐 동안은 다가와서 얼굴 비비고 막 반가워해요. 그러고 나서는 사료 먹고. 그담에 생각해보니 갑자기 화가 나는지 확 물고 도망가버려요."

"몇 번 물리는 거는 대신 물려줄 수 있는데."

"물리는 건 괜찮아요. 근데 왠지 안쓰러워서요. 안 하던 짓을 할 만큼 나를 기다리는 게 스트레스였다는 거니까."

"고양이는 하루의 삼분의 이를 잠으로 보낸다면서요."

"그게 신기해요. 내내 자고 있었을 텐데 잠도 안 자고 기다린 척 왜 그렇게 심술인지. 그런데 심술을 부릴 만큼 부리고 나서는 아주 오래 자는 걸 보면 제대로 자지도 못하고 기다렸던 거예요."

태주가 일어났다.

"데려다줄게요."

"정말 괜찮아요. 혼자 갈 수 있어요. 지하철도 아직 있어요."

"같이 그리로 갈까요?"

명이 웃으면서 말했다.

"정말 좋아요. 하지만 이제 막 시작인데 매일 밤 같이 보내다 금방 싫증나면 어떡해요."

태주는 명에게 키스했다.

"그런 일은 없을 거예요. 하지만 혼자 들어가고 싶으면 그렇게 해요."

태주는 명의 손을 잡고 언덕길을 내려갔다. 새절역에서 명을 보냈다. 또다시 앨리스에게 밀렸다는 생각이 들었지만 웃음이 새어나왔다. 앨리스는 괜찮아. 재하도 물리쳤는데.

6. 앨리스와 하나

명은 일주일간 아르바이트가 있었다. 계속 야간 진료가 잡혀서 시간을 내지 못했다. 태주는 내내 주말을 기다리다가 명에게 전화해서 말했다.

"보고 싶어요."

"그런 낯간지러운 말을 참 잘도 하네요."

"거북한가요?"

"듣기 좋아요. 또 해봐요."

태주는 다시 말했다. 마음을 실어서.

"보고 싶어요."

휴대전화 너머로 명이 말했다.

"나도 보고 싶어요."

잠시 시간을 두고 태주가 말했다.

"정말 그러네요. 정말 듣기 좋아요."

토요일이 되어 태주가 명의 집에 갔을 때였다.

앨리스가 현관으로 다가와서 태주의 발목에 뺨을 비볐다. 태주는 손을 뻗어 앨리스를 쓰다듬었다.

"얘가 가만히 있네요. 태주씨가 맘에 드나봐요."

명은 반가워했다. 태주는 흐뭇해졌다. 집안에 들어서자 이내 태주의 잔기침이 시작되었다.

"콧물도 조금 나고 목도 따가운 게 감기인가봐요. 옮으면 안 되니까 오늘은 그냥 갈게요."

"괜찮아요. 감기여도 밥은 먹어야 하잖아요. 그냥 있어요."

"전에……"

태주는 예전에 감기 증상이 막 생긴 애인과 밤을 보냈다가 그다음날 바로 감기가 옮았던 얘기를 하려다가 흠칫 멈추었다. 그때 자신도 감기가 심하게 걸렸고, 감기로 고생하는 동안 내심 그녀를 원망했다는 얘기는 왠지 하면 안 될 것 같았다.

"그러다가 옮기면 내가 미안해서 안 돼요."

계속 잔기침을 하며 일어나려는 태주에게 명이 말했다.

"어쩌면 감기가 아닐지도 몰라요."

"그러면요?"

"고양이 알레르기일지도 몰라요."

"설마요. 지난번에도 괜찮았어요. 그전에도. 아니다."

태주는 지난번에도, 전에도 잔기침을 했던 것이 떠올랐다.

"처음에는 괜찮다가 나중에 증상이 발현되는 경우도 많아요. 어쩌나."

명은 걱정스러운 어조로 말했다. 태주의 잔기침이 계속되었다. 눈까지 따가워졌다.

"단순 감기일 수도 있으니 어쨌든 오늘은 일단 갈게요."

태주는 명의 걱정이 걱정되었다. 정말 고양이 알레르기로 나오면 어떻게 하나. 그냥 감기이기를.

다음날은 일요일이었지만 태주는 문을 연 이비인후과를 검색해서 찾아갔다. 증상 얘기를 하고 알레르기 검사를 받았다.

며칠 뒤 결과가 나왔다. 백여 개의 항목 중에서 유일하게 고양이 항목에만 체크가 되어 있었다.

의사가 무표정한 얼굴로 말했다.

"알레르기 수치가 높네요. 고양이 못 키워요."

"키우는 건 아니지만 가끔 고양이를 봐야 되는데 방법이 없을까요?"

의사는 태주를 흘낏 쳐다보고는 말했다.

"약 먹으면 잠깐은 괜찮을 거예요. 처방은 해드릴 텐데 가까이 가진 마세요."

　태주는 원래 고양이에게 관심이 없었다. 불과 몇 달 전까지
만 해도 고양이 알레르기 수치가 아무리 높았다 해도 아무런
문제가 없었을 것이다. 이제는 그렇지 않았다. 앨리스와 가까
워지고 있었다. 더 가까워져야 했다. 명과 가장 가까운 존재는
앨리스이고, 앨리스와 가까워질수록 명과의 거리도 좁혀질 것
이었다. 명이 고양이를 좋아하니 자신 또한 고양이를 좋아하
게 될 것이었다. 앨리스가 마음에 들기도 했다. 앨리스에게는,
고양이라는 동물에게는 묘한 매력이 있었다. 처음에 봤을 때
거리를 두고 멀찍이 있었던 것부터 싫지 않았다. 다가왔으면
오히려 난감할 뻔했었다. 나중에 다가와서 아주 잠깐 뺨을 비
벼준 것도 좋았다. 고양이가 자신의 영역에 태주를 받아준 것
이었다. 명의 영역을 공유해도 된다는 표현이었다. 그러나 앨
리스와 가까워질수록 태주의 물리적 고통은 심해질 터였다.

　휴대전화로 검사 결과를 듣고는 명이 말했다.

　"저런, 어떡해요."

　태주는 짐짓 아무렇지도 않다는 듯이 말했다.

　"약 먹으면 괜찮대요. 약이 잘 듣나 테스트하러 가볼게요."

　처방받은 알레르기 약은 효과가 좋았다. 처음에는.

태주는 발 사이에서 뺨을 비비는 앨리스를 쓰다듬고는 들어올려서 안아보기까지 했다. 몸에서는 어떤 알레르기 반응도 일어나지 않았다. 태주는 몹시 기꺼워했다. 하지만 다른 문제가 있었다.

약사는 자기 전에 약을 먹으라고 말했다. 그러니까 명을 만나기 전날 밤에 약을 먹어야 했다. 예정 없이 만났을 때는? 알레르기 약을 먹으면 졸음이 왔다. 속도 불편해졌다. 더 큰 부작용이 있었다. 약사는 알레르기 약을 먹은 뒤에 술을 마시지 말고 술을 마신 뒤에는 약을 먹지 말라고 했다. 약사의 말을 따르자니 명과 같이 술을 마실 수 없게 된 것이었다. 그러니까 알레르기 약을 먹고 꾸벅꾸벅 졸다가 정작 명과는 술 한잔 마시면서 시간을 보내지도 못하고 잠들어버리는 식이었다.

그러다보니 명의 집에서 밤을 보낼 수도, 태주의 집에서 밤을 보낼 수도 없었다. 앨리스 때문에, 알레르기 때문에.

알레르기 약이 알레르기 문제를 완전히 해결해주지는 못했다. 약이 잘 듣지 않을 때도 있었다. 그러면 태주는 앨리스가 가까이 오지 않기를 바라게 되었다. 고양이 알레르기가, 앨리스가 높은 장벽이 되었다.

*

　명이 재하를 처음 알게 된 즈음의 어느 밤이었다. 명은 집으로 들어가는 길에 오피스텔 빌딩 화단의 한편에서 꼬물거리는 새끼 고양이들을 보았다. 네 마리나 되었다. 조금 떨어진 곳에 어미 고양이가 있었다. 새끼 고양이들은 모두 제각각 다른 무늬였다. 검은색, 회색, 갈색의 바이컬러 세 마리와 삼색의 고양이 한 마리였다. 한날한시 한배에서 태어났을 녀석들이 모두 제각각 다른 무늬인 게 신기하다고 생각했지만 딱히 관심이 가지는 않았다. 명은 눈앞에서 실제로 움직이는 동물들에 대해 흥미가 없었다. 개도, 고양이도, 다른 종류들도.

　명이 관심 있게 보는 동물은 다큐멘터리 속의 동물들이었다. 적도의 바다에서 수천 킬로미터를 헤엄쳐 극지의 바다로 가는 북반구와 남반구의 거대한 혹등고래라거나, 몇 년간 바다를 떠돌다가 거센 강물을 헤치고 회귀하는 연어라거나, 사람의 얼굴까지 기억하는 놀라운 지능을 지닌 문어라거나. 다큐 속의 동물들은 감정적 소모를 요구하지 않았다. 티브이를 보면서 그저 이따금 감탄만 하면 되는 일이었다.

　얼마 뒤부터 어미 고양이가 보이지 않는다 싶었다. 새끼 고양이들만 화단 깊은 곳에 숨어 있는 것이 가끔 보였다. 그 모습이 명의 눈에 밟혔다.

명은 편의점에서 담배를 사며 눈에 띈 고양이 사료도 샀다. 종이컵도 샀다. 종이컵을 손으로 반쯤 찢어서 사료를 담았다. 화단 앞쪽에 간격을 두고 네 개의 종이컵을 놓았다. 명이 다가올 때부터 새끼 고양이들은 화단의 더 깊은 곳으로 몸을 숨겼다. 명은 멀찌감치 떨어졌다. 가장 먼저 회색 고양이가 눈치를 보며 종이컵 옆으로 다가왔다. 그다음은 갈색 고양이, 삼색 고양이, 검은 고양이 순서였다. 한 번 그러고 나니 계속 마음이 쓰였다. 가끔 고양이 간식을 놔두기도 했다. 역시 회색 고양이가 가장 먼저 다가왔다. 그리고 가장 빨리, 가장 많이 먹곤 했다. 검은 고양이는 항상 마지막이었다. 체구도 가장 작았다. 이따금 사료며 간식거리를 화단 앞에 놔두고 한동안 바라보는 날들이 얼마간 이어졌다.

어느 날부터 회색 고양이가 보이지 않았다. 숨어서 자고 있거나 다른 곳에 있으려니 했지만 여러 날이 지나도 보이지 않았다. 무슨 일이 생긴 것 같았다. 얼마 뒤에는 갈색 고양이도 사라졌다. 남은 것은 항상 뒤늦게 사료로 향하던, 겁이 많아 보이던 두 녀석이었다. 그 둘도 그런 식으로 사라질 것 같았다. 명의 고민이 시작되었다.

명이 새끼 고양이들 얘기를 하자 재하는 데려와서 한 마리씩 키우자고 말했다.

"조금이라도 생각 좀 해보고 말하지? 생명을 책임지는 일이야. 아이 키우는 거하고 크게 다르지 않은 일이라고."

"뭐 어때. 고양이 한 마리인데. 그냥 집에 놔두면 되는 거잖아."

"이보세요. 그냥 집에 놔두기만 한다고 되겠어?"

"밥만 제때 주면 알아서 잘 지낼 거야. 예전에 집에서 키워봤어. 그때는 방치하면서 밥만 준 거였지만."

명으로서는 다른 생명을 온전히 책임지는 건 부담스러운 일이었다. 사람이든, 고양이든, 뭐든.

명은 집안에 화분을 두지 않았다. 한 달에 물을 한 번만 주면 된다는 선인장 화분도 꺼렸다. 눈앞에서 생명이 꺼져가는 모습은, 그것도 자신 때문에, 보고 싶지 않았다.

하지만 여러 날 동안의 눈맞춤으로 인해 생긴 관심과 두 녀석마저 사라질지도 모른다는 걱정은 조금씩 커져갔다. 두 녀석이 화단에서 나와 명을 따라오려고 할 때도 있었다. 그러면 명은 얼른 돌아 나오곤 했다.

기온이 뚝 떨어지고 비도 많이 오는 밤이었다. 새끼 고양이들 생각에 명은 밖으로 나왔다. 화단 깊은 곳에서 비에 젖어 오들오들 떨고 있는 녀석들을 보고는 명은 혼잣말을 했다. 할 수 없지, 뭐. 명은 손을 내밀었다. 녀석들은 명의 손길을 거부하지 않았다. 결국 명은 새끼 고양이 두 마리를 집으로 들였다. 이름도 지어주었다. 검고 흰 고양이는 앨리스로, 삼색 고양이는 하나로. 앨리스는 구석에서 가만히 있었는데, 하나는 처음부터 자기 집인 양 활달하게 여기저기 돌아다녔다.

재하는 이미 말한 대로 한 녀석을 데리고 가겠다고 했다. 명은 거절했다.

"고맙지만 그냥 내가 키울게."

"고양이 키워본 적 없는 사람이 처음부터 새끼 고양이 두 마리 키우는 건 만만치 않을 거야. 나중에는 더 못 떼어놓을 거고."

"재하씨야말로 갑자기 고양이 키우려면 힘들지 않겠어?"

"어릴 때 고양이 키운 적이 있어서 괜찮아."

재하는 일단 고양이부터 한번 보자고 말했다. 얼마 뒤 명의 오피스텔에 고양이를 보러 온 재하는 처음부터 손을 내밀어 만지려고 했다. 겁이 더 많은 앨리스는 침대 밑으로 숨어버렸다. 삼색 고양이 하나는 재하의 손길을 거부하지 않고 가만히 있었다. 재하는 하나의 두 뺨과 머리와 등과 옆구리를 차례차례 쓰다듬었다. 하나는 기분좋다는 듯 가만히 있었다. 명은 그 모습을 신기한 눈길로 바라보았다.

"고양이하고 잘 놀겠네."

"키워본 적 있다니까."

"얘들 아직 꼬맹이라 당분간 여행도 마음대로 못 가."

"그럴 일 생기면 여기에 맡기고 가면 되지."

명은 생각 끝에 말했다.

"그럼 하나를 데리고 가."

"왜 하나인데? 애교 많은 애가 남아 있는 게 낫지 않아?"

"앨리스가 겁이 더 많아. 내가 데리고 있어야 할 거야."

재하는 하나를 데리고 갔다. 앨리스와 하나가 아니었다면 재하와 계속 만났을까. 명은 그러지 않았을 거라고 여겼다. 몇 번의 술친구로 끝났을 가능성이 높았다. 명이 느끼기에 재하는 좋은 술친구였지만 말이 잘 통하는 편은 아니었다. 명은 말이 통하지 않는 남자와 사귈 생각이 없었다. 그런 남자와는 한 번 살아본 것으로 충분했다. 한 번의 이혼으로 충분했다.

성향도 취향도 유머 코드도 다른 사람과의 결혼생활은 사막 같았다. 함께 있을 때 같이 할 수 있는 게 없었다. 티브이조차 같이 보는 게 쉽지 않았다. 명은 그가 보기에는 매우 위선적인 정당을 지지했는데, 그는 명이 보기에는 비할 바 없이 뻔뻔한 다른 정당을 지지했다. 그래서 뉴스를 같이 볼 수 없었다. 명은 남자들이 우르르 몰려나와서 온갖 쓸데없는 짓을 하는 예능 프로를 좋아했는데, 그는 남자들이 우르르 몰려나와서 여행만 다니는 예능 프로를 좋아했다. 그래서 예능 프로도 같이 볼 수 없었다. 명은 스포츠 중 유일하게 야구를 좋아했는데, 그는 UFC처럼 짧고 화끈하게 끝나는 격투기를 좋아했다. 그래서 스포츠도 같이 볼 수 없었다. 편하게 같이 볼 수 있는 티브이 프로라면 오늘의 날씨 정도밖에 없었다. 내일의 날씨도.

앨리스와 하나는 명과 재하에게 끝나지 않을 대화의 소재와 주제가 되었다. 통화를 하거나 만날 때면 항상 하나와 앨리스의 안부를 묻곤 했다. 특히 재하가 고양이를 데리고 간 처음 몇 달 동안은 무얼 얼마나 먹었고 어떤 사료를 안 먹고, 얼마간의 간격으로 배변을 했고, 하루에 몇 시간을 잤으며, 무슨 장난감에 열렬히 반응하고 무슨 장난감에 무관심한지에 대한 얘기로 시간이 훌쩍 지나가곤 했다. 앨리스가 보이지 않아 한참을 찾는데, 불러도 대답 않던 녀석이 옷장 안에 가만히 있었다던가, 어디에도 보이지 않아 혹시나 싶어 세탁기까지 열어보게 만들었던 하나는 침대의 이불 속에 베개처럼 숨어 있었다던가. 얘기가 끊이지 않았고 끝나지 않았다.

고양이에 대한 얘기가 바로 끝난 적이 아예 없었던 것은 아니었다. 명이 말을 꺼냈다.

"슈뢰딩거의 고양이 있잖아."

재하가 물었다.

"슈뢰딩거가 지명이야?"

"양자역학에서…… 아니야. 하나는 뭐해?"

무심코 몸을 돌렸을 때 갑자기 앨리스가 발치에 있다거나 눈앞에 있던 앨리스가 어느 틈에 사라지고 없을 때면, 명은 슈뢰딩거의 고양이가 떠오르곤 했다. 명이 보지 않을 때에는 있었고, 볼 때는 사라지고 없는 것이었다. 관측 행위가 앨리스의 존재 유무를 결정하다니. 명은 혼자 웃곤 했다.

고양이가 상자를 발견했다면 틀림없이 누가 보기도 전에 이미 들어가 있었을 것이다. 또 자신이 상자 안에 있는 걸 누군가 봤다면 고양이는 어느 틈엔가 나가버렸을 것이다. 슈뢰딩거가 상자 안에 무얼 설치했든, 그 원자가 입자든 파동이든 고양이는 거기에 영향을 받지 않을 것이다. 알아차리지 못하는 사이에 이미 나가버렸거나, 열기 전에 몰래 들어왔거나 했을 테니까. 명은 한번 더 혼자 웃곤 했다.

슈뢰딩거는 고양이를 키워본 적이 없을 거야. 좋아하지도 않았을 거야. 아무리 사고실험이라고 해도 죽을 수도 있는 상자에 고양이를 가두다니. 마지막은 항상 코웃음이었다. 끝까지 비호감인 물리학자야. 여자관계부터 도대체 맘에 안 들더라니.

비록 슈뢰딩거의 고양이 얘기는 할 수 없었지만 재하는 하나를 매우 좋아했다. 하나와 앨리스의 안부가 궁금해서, 혹은 알리고 싶어서 서로 전화하는 날도 많았다. 통화하면서 명은 재하에게 앨리스가 하품하는 사진을 보냈고, 재하는 명에게 하나가 사람처럼 네 발을 다 뻗고 자는 사진을 보냈다. 명이 고양이 용품을 살 때면 하나 것도 같이 사곤 했고, 재하가 고양이 장난감을 살 때면 앨리스 것도 같이 사곤 했다. 앨리스와 하나로 명과 재하의 관계가 달라졌다. 이래서 부부가 아이를 낳고 같이 사는 거구나, 명은 생각했다. 좋으면 좋은 대로 그렇지 않으면 그렇지 않은 대로.

고양이를 키우면서 명은 사람이 다른 생명에게 어떤 자세를 취하는지 눈여겨보게 되었다. 재하는 다른 생명을 막 대하는 사람이 아니었다. 고양이로 인해 재하를 더 오래 만나게 되면서 명은 재하의 괜찮은 면모들을 하나둘 발견해나갔다.

단점이 장점이었다. 번드레한 만큼의 깔끔함, 약간의 경박함만큼의 무던함, 목소리 크기만큼의 활기 등등.

재하는 슈뢰딩거와 양자역학은 몰랐지만 실생활에 도움이 되는 여러 가지 것들을 알고 있었다. 가령 조명의 종류와 교체 방법 같은 것들. 명이 아파트로 이사했을 때 재하는 명을 을지로의 조명 가게로 데리고 갔다. 이사 선물로 집안의 모든 조명을 다 교체해주겠다고 했지만 명이 마다했다.

"전셋집에 조명을 마음대로 다 바꾸면 안 되지."

"이사 나갈 때 원래대로 바꿔놓으면 돼. 그것도 내가 해줄게."

"아니야. 테이블 위 조명만 바꾸는 걸로 해. 조명 하나 정도면 그대로 놓고 나가도 많이 아깝지는 않을 거야."

명의 뜻대로 테이블 위의 조명만 바꾸었다. 작은 LED 램프가 여럿 달린 조명이었다. 교체는 재하가 했다. 조명 하나만 바꾸었을 뿐인데 인테리어가 근사한 카페 같은 분위기가 났다.

명은 조금씩 재하를 괜찮은 남자라고 여기게 되었다. 재하가 나날이 하나를 더 좋아하는 것도 썩 마음에 들었다.

재하가 말했다.

"집에 하나가 있는 게 좋아. 한밤중에 컴퓨터 방에 혼자 있으면 하나가 스윽 들어와서 책상 위에 가만히 앉아 있을 때가 있어. 간식 달라는 것도 아니고 놀아달라는 것도 아니야. 그냥 가만히 앉아서 나를 보는 거야. 그럴 때 눈을 마주치고 있으면 뭔가 아주 사소하고 약간 따뜻한 얘기를 나누는 기분이 들어."

재하는 하나를 키우면서 문득 자신이 세상에서 제일 사랑하는 생명체가 하나가 아닐까 하는 생각을 하곤 했다. 명보다도,

어쩌면 딸아이보다도 더.

어쩌면 그럴지도 모르는 일이었다. 딸을 만나는 건 일주일에 고작 몇 시간이었다. 그마저도 보지 못할 때도 있었다. 아이가 좋아하는 걸 사주고 몇 마디 시키는 게 고작이었다. 재하는 짧게 물었고 아이는 짧게 대답했다. 하나와는 스물네 시간 동안 같이 있는 날도 많았다. 사료며 물이며 간식이며 화장실을 챙겨줘야 했다. 눈곱도 떼어줘야 했다. 발톱도 깎아주어야 했다. 이따금 하나는 재하 앞에서 가르릉거리며 행복감을 표시하곤 했다. 그 소리는 재하를 행복하게 했다.

샤워를 할 때면 하나가 욕실 앞에 앉아 기다리곤 했다. 그러려니 하다가 나중에 검색해보고는 명에게 말했다.

"처음에는 저 녀석이 왜 저러나 이상했는데, 나를 걱정해서 그러는 건지도 몰라. 고양이는 물을 싫어하잖아. 물이 나오는 곳에 내가 있어서 걱정이 되나봐."

명은 탄성을 질렀다. 그러고는 앨리스 얘기를 했다.

"앨리스는 전에 내가 집에서 요가 동작 하고 있으면 와서 머리를 핥곤 했어. 얘가 왜 그러나 했는데 나중에 생각해보니 이상한 자세로 엎어져서 안 움직이니까 걱정돼서 그루밍을 했나봐."

명과 재하는 고양이에 대한 모든 이야기들을 할 수 있었다.

앨리스와 하나뿐만이 아니라 오며 가며 보게 되는 길고양이들에 대해 얘기하기도 했다. 고양이를 학대하는 사람들에 대한 얘기를 하며 같이 속상해했고, 일본에는 고양이 섬이 다 있다는 얘기를 하며 신기해하기도 했다.

"고양이는 이렇게 창조됐어. 옛날 페르시아의 장군 루스탐이 사막을 건너다 도적떼에게 괴롭힘을 당하는 노인을 구해줬어. 노인이 자기는 마법사라며 감사의 표시로 소원을 말하라고 했어. 루스탐은 여기 눈앞에 따뜻한 모닥불이 있어 향기로운 연기가 피어오르고 밤하늘에 아름다운 별들이 반짝이는데 뭐가 더 필요하겠느냐고 말해. 마법사는 불꽃과 연기와 빛나는 별 두 개를 두 손에 모아 루스탐에게 내밀어. 거기서 별처럼 반짝이는 두 눈과 연기 같은 잿빛 털과 불꽃처럼 빨간 혀를 가진 고양이가 나온 거야."

재하는 명의 얘기에 진심으로 감탄했다. "그래서 고양이가 이렇게 예쁘구나."

이 얘기에 태주도 탄복했다. "그렇게 매력적인 탄생 설화가 다 있었네요."

감탄의 대상은 달랐다. 재하의 감탄은 고양이에게 향했지만 태주의 경탄은 설화로 향했다.

얼마 뒤에 태주가 말했다.

"워낙 매력적인 얘기라 검색해봤는데 그게 출처가 분명하지 않아요. 루스탐 이야기는 주로 『샤나메』라는 책에 나와요. '샤나메'는 왕들의 이야기라는 뜻인데, 10세기경에 이란의 시인이 수십 년간 쓴 작품이래요. 육만 행에 이르는 분량이라 번역본들은 다 축약본이에요. 적어도 그 축약본에 고양이 탄생 설화는 나오지 않는 것 같아요. 그런데 『샤나메』가 처음 발표될 때부터 인기가 높아서 표절본이 많았대요. 표절 작가 중에 고양이를 좋아하는 사람이 탄생 설화를 슬쩍 끼워넣은 건지도 모르고."

태주도 고양이에게 많은 관심을 보였지만 어딘지 객관적인 자세를 유지하곤 했다. 태주와 명이 함께 걷다가 외진 곳에서 길고양이를 봤던 적이 있었다. 명은 가방에서 사료와 물을 꺼내 종이컵에 조금씩 담아 녀석 가까이에 놓아주었다. 다시 길을 걸어가며 태주가 말했다.

"길고양이에게 먹이 주는 걸 법적으로 금지한 나라들이 여럿 있대요."

"왜요?"

"고양이 개체수가 많아지면 생태계가 파괴된대요. 고양이는 상위 포식자인데다가 재미로 사냥하는 몇 안 되는 동물이거든요. 특히 섬 같은 데는 심각하대요. 고양이 때문에 새들이 멸

종되는 거죠."

재하와는 주로 고양이 얘기만 즐겁게 할 수 있었다면 태주
와는 오직 고양이 얘기만 즐겁게 할 수 없었다. 특히 고양이
알레르기가 있다는 걸 알게 된 후에는 더 조심하게 되었다.

재하와 태주 모두와 나눌 수 없는 얘기도 있었다. 야구 얘기
였다. 두 사람 모두 야구는 물론이려니와 모든 스포츠에 관심
이 없었다. 그들은 대학 시절 2002 한일 월드컵 때 시청 앞에
나가볼 생각도 하지 않던 사람들이었다. 태주는 텅 빈 도서관
에서 책을 읽었다. 재하는 월드컵에 큰 관심이 없는 여자를 만
났다.

명은 모든 스포츠 중 프로야구에만 관심이 있었다. 트윈스
의 오랜 팬이었다. KBO 열 개 팀 중 트윈스 아래에 있는 건
승률 1할대인 KT밖에 없었다. 그걸 지켜보는 명의 괴로움 아
닌 괴로움을 두 사람 모두 이해하지 못할 것이었다.

*

얼마 뒤 태주가 명의 집에 갔을 때였다. 명은 밖에서 보자고
했지만 태주는 지난밤에 알레르기 약을 먹었으니 잠깐이라도
안에서 보고 난 뒤에 나가자고 했다. 명은 계속 난색을 표했다.

태주가 말했다.

"앨리스가 보고 싶어요."

사실이었다. 태주는 앨리스에게 양가적인 감정이 있었다. 알레르기 때문에 저어되기도 했지만 다른 한편 그냥 예뻐 보이기도 했다. 명으로 인해 고양이를 몇 번 접하다보니 존재 자체가 매력적이기도 했다. 가까이 가고 싶지만 상황이 그럴 수 없다면 마음이 더 가게 마련이었다. 사람이든, 다른 무엇이든.

명은 결국 잠깐 들어오라고 말했다.

"조금이라도 이상하면 바로 나가요."

앨리스는 창문 옆 캣타워 제일 높은 곳에 있었다. 그 밑에 있는 투명 해먹에 태주가 처음 보는 삼색 고양이가 있었다. 고양이가 두 마리나. 알레르기 증상도 두 배로? 태주는 걱정부터 되었다.

"예쁘게 생겼네요."

이내 뭔가가 태주의 뇌리에 스치고 지나갔다.

"혹시 얘가……"

명이 조금 주저하며 대답했다.

"하나예요. 재하씨가 여름휴가를 일찍 다녀오겠대요. 맡기고 갔어요."

"재하하고 헤어진 거 아닌가요?"

"헤어졌어요."

"연락은 계속 하는 건가요?"

"하나랑 앨리스 일로 통화해야 할 때가 있어요."

"그럼 재하가 여기에 왔다는 건가요?"

"하나 데리고 와서 맡기고 갔어요."

"헤어진 사람과 계속 연락하고 만나야 하는 건가요?"

"이건 헤어진 사람과 만나는 게 아니라 하나를 며칠 동안 봐주는 거예요."

태주는 말문이 막혔다. 명의 어조는 너무도 자연스러웠다.

"그냥 고양이가 아니라 재하가 데리고 온 재하의 고양이잖아요."

태주의 목소리는 조금씩 커져갔고 명의 목소리는 조금씩 낮아졌다.

"하나예요. 원래 내가 데리고 왔던 고양이예요."

태주는 침울한 얼굴로 말했다.

"재하를 만나지 않으면 안 되나요?"

"이건 재하씨를 만나는 일이 아니라……"

태주와 명은 빠져나올 수 없는 순환의 고리에 빠져들었다. 헤어진 사람과 왜 만나느냐. 그게 아니라 하나를 봐주는 거다. 헤어진 사람의 고양이 아니냐. 처음 내가 데려온 고양이라 내게도 책임이 있다. 그렇다 해도 꼭 헤어진 사람과 만나야 하느냐. 헤어진 사람과 만나는 게 아니라 하나 문제다. 재하의 고양이 아니냐.

두 사람의 목소리는 크지 않았다. 참을성 있게 했던 이야기를 서로 되풀이하면서 명의 한숨이 잦아졌다. 태주의 얼굴에 홍조가 생기기 시작했다.

"어떡해요. 일단 나가요."

명의 채근에 두 사람은 집밖으로 나왔다. 부근의 하늘공원으로 향했다. 수백 개의 계단을 말없이 오르면서 오늘만큼은 알레르기가 자신을 구했다고 태주는 생각했다. 더 있었으면 하지 말아야 할 말까지 했을 것이다. 나보다 고양이가 더 중요한 거냐고. 아직은 고양이에게 이길 것 같지는 않았다. 고양이도 고양이지만 재하에게도 이길 수 있을 것 같지 않았다.

하늘공원에서 내려와서는 태주는 팔리아멘트 끄트머리를 깨물었다. 머릿속이 복잡했다. 재하가 명과 연락을 하고 있었다. 재하가 고양이를 데리고 명의 집에 왔다. 고양이를 데리러 명의 집에 다시 올 것이다. 명이 앨리스를 맡기기 위해 재하의 집으로 가는 일이 생길 수도 있다. 앞으로도 계속 그러할 것이다. 이건 자신이 견딜 수 있는 상황이 아니었다. 문제는 고양이가 아니었다. 재하였다. 자기 자신이었다. 어떤 여자든 재하를 선택할 것 같았다. 재하가 계속 명에게 연락하고 고양이를 데리고 서로의 집에 오고 가는 것을 지켜볼 수는 없었다.

명에 대한 마음은 더 간절해졌다.

처음 고백할 때와는 달랐다. 그때는 거절당해도 딱히 잃을 것은 없었다. 누렸던 것이 없었으니까. 이제는 그렇지 않았다. 명이 고양이 때문에 자신을 배제한다면? 명과 더불어 보냈던 그 꿈같은 시간이 꿈처럼 사라질 것이었다. 그 입술이, 그 손 길이. 서로의 감정과 생각이 일치한다고 여길 때 다가오는 저 릿함이.

태주는 간절함을 담아 말했다.

"재하는 고양이를 맡길 다른 사람을 찾을 수 있을 거예요."

명은 고개를 저었다.

"필요할 때면 하나와 앨리스를 서로 맡아줬어요. 갑자기 맡 길 사람을 찾는 건 어려워요."

"나한테는 이게 고양이를 맡기는 문제로 다가오지 않거든 요."

태주는 한숨을 내쉬고 솔직하게 말했다.

"사실은 걱정이 돼서 그래요. 재하가 왔다니. 내가 자신이 없어요. 걱정돼요."

"저런, 어떻게 해야 자신감이 솟구칠까요?"

명은 태주에게 가볍게 키스했다. 길거리였다. 태주는 놀랐다.

"걱정하지 말아요. 나는 어디 가지 않아요."

명은 태주를 이해할 수 있었다. 하나에 관한 한 재하도 이해할 수 있었다. 그리고 자신이 무얼 원하는지도 알고 있었다. 이 세 가지는 일치할 수 없었다. 선택을 해야 했다.

명은 하나를 데리러 온 재하에게 말했다.

"이제 하나를 맡아주기 어려워졌어."

"왜?"

명은 망설이다가 말했다.

"태주씨를 만나고 있어."

상관없다더니. 그럴 줄 알았다. 재하는 화 비슷한 것이 치밀어올랐지만 꾹 누르고 말했다.

"이건 그냥 하나 봐주는 거야."

"나도 그렇게 생각해. 근데 다른 사람 생각은 그게 아니니까."

전에 내 생각은 묻지도 않더니 이제 다른 사람 생각은 왜 그렇게 중요하냐고 따져 묻고 싶었지만 또 누르고 말했다.

"지금 결론 내리지 말고 천천히 생각해보자. 갑자기 무슨 일이 생겨서 하나나 앨리스 때문에 우리가 얘기해야 될 일이 생길지도 모르잖아."

"그래도."

재하는 명이 제일 민감하게 느낄 부분을 찔렀다.

"나한테 왜 그래? 나는 그렇다 쳐도 하나한테 왜 그래?"

하나 얘기에 명은 머뭇거렸다. 재하는 다시 하나 얘기를, 앨리스 얘기를 했다.

"하나 맡길 사람을 어떻게 벌써 찾을 수 있겠어. 무슨 일 있을 때 앨리스 맡길 사람도 없지 않아? 더 생각해보고 나중에 다시 얘기하자."

명은 작은 목소리로, 하지만 어딘지 단호하게 대답했다.

"아니야, 내 말대로 해."

명이 떠나니 명에 대한 재하의 마음이 더 커졌다. 세상에 여자는 많았다. 자신에게 호감이 있는 여자도 적지 않았다. 그러나 하나 이야기를 밤새도록 할 수 있는 여자는 명 외에는 존재하지 않았다. 그리고 하나 이야기를 하지 않고도 밤새도록 얘기할 수 있는 여자도 명 외에는 없을 터였다. 재하는 어떻게 해서든 명을 붙잡고 싶었다. 태주가 명을 좋아하든, 그러지 않든. 당장은 명의 마음을 돌릴 수는 없다 해도 여지를 남겨두어야 했다. 고양이를 부탁해야 했다. 하나와 앨리스는 여지 이상의 여지였다. 유일한 여지였다.

태주는 재하를 질투했다. 이제 재하는 태주를 질투하게 되었다. 태주는 재하의 여자를 사랑했다. 이제 재하는 태주의 여자를 잊지 못하고 있었다.

재하와는 하나 문제로도 만나지 않을 거라는 명의 말에 태주는 감동했다. 재하를 또 한번 밀어낼 수 있었다. 하나까지도.

그러나 앨리스를 이길 수는 없었다. 알레르기 증상은 계속되었다. 알레르기 약을 먹으면 증상은 괜찮았지만 잠이 왔다. 술을 마실 수도 없었다. 명의 집에서 명과 시간을 보내기 위해서 약을 먹는데, 먹으면 잠이 들어버려서 아무것도 못하게 되다니.

열망은 신체적 핸디캡을 넘어서지 못했다. 앨리스를 가까이 할수록 물리적인 괴로움이 생겼다. 앨리스 때문에 명의 집에서도, 자신의 집에서도 명과 함께 온전히 밤을 보낼 수 없었다.

태주는 한숨을 쉬며 말했다.

"우리는 여행도 같이 못 가겠네요."

명이 무심하게 대답했다.

"그런가요. 앨리스 맡기고 가면 되지만."

태주가 물었다.

"맡길 사람이 있나요?"

명은 고개를 저었다.

"고양이 호텔 같은 데도 있다는데."

명은 다시 고개를 저었다.

"그런 곳에 맡기고 싶지는 않아요."

태주가 한숨을 쉬며 말했다.

"이건 다 그 마법사 탓이에요. 그때 루스탐의 마법사가 사람에게 알레르기를 일으키지 않는 고양이를 만들었어야 했는데. 그 작자 이름이 뭐라고 했죠?"

비로소 명이 웃었다.

"이래서 내가."

*

거리의 초록이 짙어졌다. 초록 사이로 매미 울음소리가 진동했다. 달이 바뀌었고 여름이 깊어갔다.

명이 더이상 재하의 연락을 받지 않는다는 걸 확신하면서 태주는 평온함을 느꼈다. 지난봄 명을 알게 된 그날 이후 처음 느끼는 감정이었다.

명을 생각하면 뒤따라왔던 마음이 조이는 괴로움이 사라졌다. 명에게 영원히 가닿을 수 없을 것 같다는 절망감이 사라졌다. 재하에게 다시 돌아가면 어쩌나 하는 불안감도 사라졌다.

알레르기 증상은 사라지지 않았다.

태주가 명의 집에 가는 경우가 줄어들었고, 간다 해도 술을 마시지 않게 되었다. 이미 알레르기 약을 먹었기 때문이었다. 약효가 있으면 약기운으로 일찍 졸리기도 했다. 약효가 덜해서 알레르기 증상이 생길 때도 있었다. 명의 집에서보다는 태주의 집에서 더 자주 보게 되었다.

태주는 의사에게 알레르기 약 때문에 생활이 불편해졌다고 말했다.

"고양이 알레르기를 근본적으로 해결할 수는 없나요?"

"고양이 키우지 마시고 곁에도 가지 마세요."

"그것 말고는 방법이 없어요?"

의사는 지극히 사무적으로 말했다.

"면역 요법이라는 게 있어요. 항원 물질을 약하게 희석해서 주입하는 거예요. 처음 몇 달간은 주 1회, 그다음에는 월 1회. 몇 년 걸려요. 효과는 개인마다 달라요. 추천하지는 않아요."

태주는 명과는 이제 서서히 다음 단계로 나아가야 한다고 생각했다. 아주 멀지는 않은 미래에 결혼하고 싶었다. 하지만 명은 결혼을 원하지 않았다. 또 명과 같이 사는 일은 앨리스 때문에 당장은 쉽지 않을 터였다. 시간이 지나면 삶의 조건들이란 변하기 마련이지만, 무작정 기다리고 있을 수만은 없었다. 가능하다면 고양이 알레르기 문제를 해결해야 했다. 삼 년이든, 오 년이든. 태주는 면역 치료를 받기 시작했다. 명과의 미래를 준비하고 싶었다.

다시 직장을 구하기 시작했다. 선배들에게, 동료들에게 전화해서 부탁했다. 그들 중 한 선배로부터 여러 날 뒤에 연락이 왔다. 얼마 후에 착수하는 프로젝트가 있다고 했다. 마감이 촉

박해서 일이 많을 거라고 했다. 태주는 생각을 해보겠다고 말했다.

명은 태주의 집에 가는 것을 좋아했다. 오래된 동네의 좁은 언덕길을 걸어올라가는 것을 좋아했다. 낡은 철대문 앞에 있는 가죽 공방의 나무로 된 작은 입간판을 좋아했다. 여기서 가죽공예를 배워볼까봐요, 말하기도 했다. 묵직한 대문을 열고 닫고, 돌계단 몇 개를 걸어올라가면 나오는 아무렇게나 방치된 작은 마당을 좋아했다. 몇 군데 삐걱거리는 오래된 마루를 좋아했다. 마루의 창문을 모두 열어놓고 작은 마당에 아무렇게나 짙어진 초록과 아무렇게나 피어난 작은 꽃들을 내다보는 것을 좋아했다.

"나중에 이렇게 작은 마당이 있는 집에서 사는 걸 생각해봐야겠어요."

"마당 있는 게 좋아요?"

"나도 좋지만 앨리스한테 좋을 거예요. 걔는 평생을 집안에서만 보내야 해요. 고양이는 그래도 된다지만 그래도 호기심을 충족할 만한 바깥 공간이 있는 게 더 좋을 거예요. 오피스텔에 살다가 스무 평 아파트로 이사온 것도 앨리스 때문이었는데, 이제는 단독주택이 좋아 보이네요."

태주는 눈앞의 마당에서 앨리스가 뭔가 잡으려고 뛰어오르고, 명과 함께 마루에 걸터앉아 그 광경을 보는 모습을 상상해 보았다. 평화로운 장면이었다. 면역 치료가 효과가 있기를. 빠른 시일 안에.

명은 또 마루의 티브이를 높지 않은 볼륨으로 켜놓고, 테이크아웃으로 들고 온 커피를 마시면서, 사소한 이야기들을 하는 걸 좋아했다. 배경 소음이 프로야구 중계일 때도 있었다. 태주는 야구 중계에 귀를 기울이지 않았다. 명도 중계를 흘려 들었다. 가끔 스코어만 확인하고는 말했다. "또 졌네."

명은 비록 한국시리즈는 아니지만 버킷리스트 하나는 지워도 될 것 같다고 말하며 웃었다.

저물녘에는 손을 잡고 산책을 했다. 새절역 옆의 천변을 걷기도 했고, 봉산을 살짝 올라갔다가 내려오는 짧은 코스를 다녀오기도 했다. 오는 길에 동네 술집에 들르기도 했고, 태주의 집으로 가서 치킨이든 뭐든 시켜서 맥주를 마시기도 했다.

명이 태주의 집에서 밤을 보내지는 않았다. 태주는 같이 아침까지 있고 싶다고 말했다. 명은 그때마다 난색을 표했다. 지하철 막차 시간 전에, 때로는 그보다 일찍 돌아가곤 했다. 태주가 보기에 명에게는 앨리스가 우선순위였다. 태주로서는 그게 유일한 불만이었다. 사람도 아닌 앨리스에게 늘 밀리고 있었다.

7. 토스카

"한편 브론스키는 그토록 오랫동안 바라던 것이 온전히 실현되었음에도 불구하고 온전히 행복하지가 않았다. (……) 처음에 그녀와 생활을 함께하고 평복을 입었을 때는 전에는 몰랐던 자유와 또한 사랑의 자유가 지닌 매력을 만끽하며 만족했지만, 그것은 오래가지 않았다. 이내 마음속에서 욕망에 대한 욕망이, 권태가 치밀어오르는 것이 느껴졌다."

톨스토이는 욕망에 대한 욕망을 '토스카тоска'라고 부연했다. 러시아어 토스카는 매우 다양한 뜻을 지니고 있어서 번역가들에게 난감함을 안겨주는 단어다. 간단한 사전적 의미는 이유 없는 그리움이나 슬픔 같은 것이다.

나보코프는 『예브게니 오네긴』의 역주에서 어떤 영어 단어도 토스카의 뉘앙스를 온전히 전달하지 못한다고 말했다. 그에 따르면 이유 없는 정신적 고뇌도, 사랑에 대한 열망도, 혼란스러운 불안도, 향수나 우울, 지루함이나 권태도 토스카다.

욕망에 대한 욕망이란 처음의 욕망과는 다른 욕망이다. 처음의 욕망은 충족되어 사라졌거나 이미 희미해졌다. 다른 욕망은 아직 생성되지 않았다. 그 사이에 뭔가가 있다. 그것이 이유를 알 수 없는 그 무엇, 러시아적 권태 - 토스카다.

*

일요일이었다. 초록이 정점에 달했다. 한낮의 무더위로 거리가 달아오르기 시작했다.

명은 태주가 조금 달라진 것을 느끼고 있었다. 말수가 줄었고, 웃음이 줄었다. 키스가 줄었고, 섹스가 줄었다. 무슨 일이 있느냐 물으면 아무 일 없고 평소와 다를 바 없다는 대답이 돌아왔다. 고양이 알레르기 때문에, 그리고 재취업 때문에 스트레스를 받는 거려니 여겼다.

낮에는 극장에 갔다. 며칠 전 영화를 보러 가자는 명의 말에

태주는 이번에 개봉한 〈미션 임파서블―로그네이션〉을 보자
고 했다. 명은 보고 싶은 영화가 따로 있었다. 얼마 전 개봉한
프랑스 영화였다. 태주에게 말하지 않았다. 태주가 하자는 대
로 하는 게 낫겠다 싶었다. 프랑스 영화는 따로 혼자서 봤다.
결혼을 앞둔 게이 남자가 우연히 만난 여자와 하룻밤을 보내
고 성 정체성에 혼란을 겪으며 사랑에 빠지고, 성 정체성마저
바뀌는 내용이었다. 기대 없이 봤는데 의외로 괜찮았다. 태주
와 같이 봤으면 더 좋았을 텐데 생각했다.

영화를 보고 극장을 나오며 태주가 물었다.

"재미있던가요?"

명은 다소 지루했다고 솔직하게 말하는 대신 다른 말을 했다.

"오토바이 추격 신에서 카사블랑카가 인상적이었어요. 동네
좋아 보이던데 나중에 한번 가보고 싶어요."

태주가 심상하게 대답했다.

"그렇군요."

"정작 〈카사블랑카〉는 모로코가 아니라 미국의 스튜디오에
서 촬영했어요. 험프리 보가트와 잉그리드 버그먼이 안개 자
욱한 공항에서 이별하잖아요. 실제로 카사블랑카는 날씨가 좋
아서 안개 끼는 날이 없대요."

태주는 말을 보태지 않고 짧게 반응했다.

"아."

"태주씨는요? 재미있게 봤어요?"

"길어서…… 사이사이 지루하던걸요."

새절역에서 태주의 집까지 걸어올라오는 동안에도 태주가 한 말은 고작 날이 너무 더워 손에 땀이 난다는 것이 다였다. 그러고는 손을 잡지 않고 걸었다.

집에 들어서자 마당의 받침돌들 위로 쨍하니 반사되는 햇빛이 눈을 찔렀다. 명이 말했다.

"이런 햇볕에 마당에 빨래 널어놓으면 기분좋게 바짝 마르겠어요."

"그런가요. 마당에 빨래를 널어본 적은 없어요."

태주의 대답은 여전히 심상했다.

집안으로 들어가서 태주는 곧바로 에어컨을 켰다. 치킨을 주문했고, 냉장고에서 맥주를 꺼내왔다. 명이 무심하게 말했다.

"이제 막 더워지네요."

태주의 대답도 무심했다.

"그러게요."

태주는 리모컨을 들고 티브이를 켰다. 야구 중계를 찾아 채널을 고정했다. 트윈스와 베어스의 경기가 막 시작된 참이었다. 태주는 잠시 티브이를 보다가 명이 경기에 집중하는 듯하자 책을 한 권 빼 들고 왔다.

명은 그게 일찍 기슬렸지만 고개를 티브이 쪽으로 돌렸다.

경기는 접전이었다.

"이번 시즌은 물건너갔고 두산만 잡으면 되는데 지금까지 6승 6패 동률이에요. 이 경기 이겨야 해요."

명은 경기에 집중했다. 1대 1이던 7회에 두산의 타선이 폭발했다. 대거 8득점, 9대 1의 스코어가 되었다.

"망했네."

명은 티브이를 끄고 태주를 바라보았다.

"계속 책만 볼 거예요?"

"야구 중계중이어서요."

치킨은 식었고, 맥주는 미지근해졌다. 야구는 졌고, 태주는 무심해졌다. 명은 집에 가겠다고 말했다. 태주는 바래다주겠다며 일어났다. 새절역까지 걸어가면서 태주는 명의 손을 잡지 않았다. 아직 더웠다. 열대야였다. 당분간 그럴 것이었다.

*

이상한 일이었다. 여름이 깊어갈수록 명에 대한 태주의 마음은 점점 더 옅어지고 있었다. 이상한 일이었다. 지극히 짧은 평온의 끝에 권태가 기다리고 있었다.

태주는 스스로를 이해할 수 없었다. 처음 보았을 때부터 명을 사랑했다. 명에 대한 마음은 나날이 점점 더 깊어지기만 했다. 앞으로도 오랫동안 변하지 않을 줄 알았다. 그랬는데 어느 순간부터 명에 대한 마음이 달라지기 시작했다. 조금씩 식어 가고 있었다. 금세.

명을 왜 사랑했을까. 하늘색 캔버스 운동화 때문에. 청록의 롱스커트 때문에. 그윽한 미소 때문에. 희고 긴 손가락 때문에. 하이네켄 때문에. 나보코프와 보니것 때문에. 그녀가 다름 아닌 명이었기 때문에.

명에 대한 마음이 왜 달라지기 시작했을까.

앨리스 때문에?

아니다. 비록 명에게 앨리스가 가장 중요하다 해도, 그래서 자신에게 소홀하다 싶은 서운함이 없지는 않다 해도, 처음부터 그랬던 일이다.

미래가, 결혼이 불투명하기 때문에?

아니다. 결혼이 급한 것도 아니고, 알레르기 때문에라도 결혼은 몇 년 뒤의 일이 될 것이었다.

재하로 인한 불안감 때문에?

아니다. 명은 더이상 재하를 만나지 않을 것이다.

뒤늦게 보이는 명의 단점들 때문에?

명과의 대화는 항상 뭔가 서로 통하는 느낌이었다. 감정이 통할 뿐만 아니라 지적인 어떤 것들이 통하는 느낌이었다. 대화하다가 찌릿한 느낌이 들 때가 종종 있었다. 명은 박학했고 명민했다. 하지만 명을 점점 더 많이 알게 되면서 조금은 달리 보일 때도 있었다. 박학함은 약간의 과시로, 이과 출신 특유의 간명함은 단순함으로, 명민함은 단정적인 태도로.

하지만 아니다. 선후가, 원인과 결과가 바뀌었다. 마음이 달라져서 그렇게 보이는 것이지, 그렇게 보여서 마음이 달라진 것이 아니다.

모두 아니라면 대체 왜?

명이 말했다. 부드러운 어조였다.

"태주씨, 말수가 줄었어요."

태주는 애써 웃음을 지으며 대답했다.

"원래 말이 많은 편은 아니어서요. 이제 정상으로 돌아가고 있는 건가봐요."

명의 어조는 계속 부드러웠다.

"여태 비정상이었어요?"

"지난 몇 달간 태어나서 말을 가장 많이 했을 거예요. 여자에게 잘 보이려고요."

명의 톤이 높아졌다.

"이젠 더이상 잘 보이지 않아도 된다는 거예요?"

"그건 아니고요."

"그럼 뭐죠? 만나도 잘 웃지도 않고 말도 안 하고."

명은 짐짓 토라진 듯 뾰로통한 표정을 지었다. 태주는 당황했다.

"그게 아니라……"

명은 웃었다.

"괜찮아요. 말없는 태주씨도 좋아요. 일부러 해본 거예요."

태주는 따라 웃었다. 하지만 그게 조금, 명이 아주 조금 유치해 보인다고 생각했다. 다른 여자들과 다르지 않았다. 명은 매우 특별한 사람이라 생각했는데 꼭 그렇지만은 않을지도 모른다는 생각을 했다.

태주가 명에게 다가갔던 건 안 될 거라고 생각했기 때문이기도 했다. 어차피 안 될 터이니 고백하고 거절당하면 마음을 정리하기 쉬워질 것이었다. 처음부터 재하와 경쟁이 될 거라고는 생각하지 못했다. 재하는 잘생겼으니까. 여자들은 잘생긴 남자를 좋아했으니까. 그리고 또 이제 재하는 돈이 많으니까. 그런 남자를 옆에 두고 어느 여자가 자신을 선택하겠는가. 그런데 그 일이 일어나고야 말았다. 왜? 그것도 명같이 매력적인 여자가. 대체 왜?

명이 남자 보는 눈이 없어서 자신 같은 대단할 것 없는 남자를 선택한 것인가. 대단치 않은 남자를 선택해서 명이 대단치 않게 여겨지는 것인가. 자신을 좋아한다는 이유로 마음이 멀어진다는 것은 무슨 아이러니인가.

그런데 한눈에 빠지는 사랑과 일 년 만에 빠지는 사랑이 다른 것일까. 한두 달 만에 마음이 식는 것과 일 년 만에 마음이 식는 것이 다른 것일까.

이제 고양이 알레르기가 좋은 핑계가 되었다. 명의 집에 오래 머물지 않아도 되었다. 자신의 집에서 명과 함께 밤을 보내지 않아도 되었다. 처음처럼 자연스럽게 섹스로 이어지지는 않다보니 느낌도 달라졌다. 서둘러서 끝낼 때도 있었다. 아예 하지 않게 되는 날도 늘어났다. 명과의 섹스는 극적으로 일상적인 일이 되었다. 그러니까 무미건조해졌다. 명의 입술이 전 같지 않았다. 명의 손길이 전 같지 않았다. 태주는 명이 집으로 돌아가는 것이 더 편할 수도 있다고 생각하게 되었다.

넘을 수 없는 높은 장벽이었던 고양이 알레르기가 이제는 어느새 자신을 보호하는 성벽이 되었다. 명에게 향하던, 전에 느껴보지 못했던 깊은 마음이 달라졌다. 전에 느껴보았던 마음으로. 조금씩 식어가는 마음으로.

명을 만나는 것이 그리 기쁘지만은 않게 되었다. 명을 만나면 자신이 전 같지 않다는 사실을 느껴야만 했기 때문이었다.

자신의 달라진 마음이 자신이 경박한 사람이라고 말하고 있었다. 쉽게 달아오르고 쉽게 식어버리는 그런 가벼운 사람이라고.

태주는 명과의 미래를 생각했지만 다른 한편으로는 과연 그 미래가 있을까 하는 생각도 하게 되었다.

이런 건 태주가 바라던 관계가 아니었다. 명이 바라는 바도 아니었다.

*

태주는 명에게 무심함을 내비친 것이 내심 미안했다. 명에게 그래서는 안 되는 일이었다. 명은 그런 대우를 받으면 안 되는 사람이었다. 명에게 뭔가 해주고 싶어졌다.

태주는 연애할 때 기념일 같은 걸 챙기는 스타일은 아니었다. 챙겨본 적도 없었다. 명 또한 다르지 않았다. 적당한 명분이 있으면 뭔가 선물하기에 좋을 것 같았다. 명의 생일은 두어 달 더 지나야 했다. 둘 사이의 기념일 같은 날이 괜찮겠다 싶었다. 때마침 곧 백일 즈음이 될 터였다.

무얼 사면 명이 좋아할까 생각한 끝에 키이라 나이틀리의 페이퍼 나이프가 떠올랐다. 이베이에서 검색해봤지만 나오지 않았다. 검색하다보니 영화 소품을 판매하는 사이트를 발견하게 되었다. 거기에도 안나의 페이퍼 나이프는 없었다.

커피 관련 제품들을 찾아보았다. 에스프레소 머신부터 드립용 도구들을 이것저것 보다보니 전동 그라인더가 적당해 보였다. 검색을 거듭해서 드립용으로 좋다고 평가받는 후지로얄 제품을 골랐다.

국내 인터넷 쇼핑몰 가격과 일본 직구 가격이 제법 차이가 있었다. 라쿠텐에서 주문했다. 배송에는 열흘 정도 소요된다고 나왔다. 해외 직구는 처음이었다. 과연 잘 받게 될지 걱정이 되기도 했다. 그라인더를 받고 웃을 명의 얼굴을 생각해보았다. 그 그라인더로 원두를 갈아서 명에게 커피를 내려주는 자신의 모습을 생각해보았다. 커피 맛이 별로라며, 하지만 다음에도 내려달라며 환하게 웃을 명의 얼굴을 생각해보았다. 다 잘될 거야.

*

한낮이었다. 태주는 건조대를 마당에 놓고 세탁기에서 꺼낸 빨래를 널었다. 팔월의 뜨거운 햇볕이 금방이라도 빨래를 바짝 말려버릴 기세로 쏟아지고 있었다. 태주는 명에게 전화했다.

"우리 데이트해요!"

명이 웃으며 대답했다.

"데이트요? 좋아요. 언제?"

"시간 되는 가장 빠른 때에."

"오늘도 되는데요?"

"그럼 저녁 시간에 집 앞으로 데리러 갈게요."

명이 다시 웃었다.

"데리러 온다고요? 갑자기 아메리칸 스타일?"

태주는 샤워를 하고 깔끔하게 면도도 했다. 사두기만 하고 거의 입지 않은 검은색 여름 정장을 꺼냈다. 드레스셔츠에 타이를 맸다가 과한 듯싶어 흰색 이너 티셔츠를 입었다. 평소에는 잘 신지 않는 검은 구두도 꺼내 신었다. 꽃집에 들러 꽃을 부탁해서 거베라와 금어초, 미스티블루와 설유화로 풍성한 꽃다발을 받아들고 상암동으로 향했다. 모처럼 입은 정장의 깔끔한 검정과, 발아래 구두 발걸음 소리가 태주의 마음을 차분하게 했다.

도착했다는 전화를 받고 명이 집 앞으로 내려왔다. 커다란 선글라스에 하얀 리넨셔츠와 청바지 차림이었다. 발등이 시원하게 드러나는 흰색 플랫샌들을 신고 있었다. 명은 태주가 내민 꽃다발을 보고는 활짝 웃었다.

"정장에 꽃다발에, 이게 다 뭐예요?"

태주가 대답했다. 부드러운 목소리였다.

"아메리칸 스타일 데이트죠."

명은 꽃다발을 받아들고는 얼굴 가까이로 가져갔다. 태주가 말했다.

"영화배우 같아요. 그러니까 지금 모습이 꼭 영화의 한 장면 같아요."

"아메리칸 스타일 좋네요. 그런 말도 다 듣고."

명이 환하게 미소 지었다. 태주가 말했다.

"꽃을 좋아하는 줄 몰랐어요."

"시들어서 버리는 순간을 싫어하는 거죠. 활짝 핀 꽃을 어떻게 싫어할 수 있겠어요. 그것도 데이트에 받은 꽃을."

명은 들고 다니기는 불편할 거라며 꽃다발을 집에 두고 다시 내려왔다. 저녁 시간이 다 되었는데 햇볕은 여전히 뜨거웠다. 태주는 명의 손을 살포시 잡고는 천천히 걸어갔다.

태주가 향한 곳은 멀지 않은 곳에 있는 호텔이었다. 입구에서 명은 태주에게 속삭이듯 말했다.

"아니, 이분이! 해가 지지도 않았는데 여자를 데리고 호텔에 간다고요?"

태주가 웃으며 덩달아 작은 목소리로 말했다.

"여기 레스토랑이 괜찮대요."

명이 눈을 크게 떴다.

"아니, 이 남자가! 호텔에 가서 고작 밥이나 먹자고요?"

태주는 웃으면서 명의 손을 살며시 쥐었다. 호텔 로비에 들

어서자 태주는 명에게 잠깐만요, 라고 말하고는 프런트로 향
했다.

잠시 후 되돌아온 태주가 말했다.

"우리, 객실로 가요."

태주는 명의 손을 잡고 룸으로 올라갔다. 더블베드가 있는
아담하고 깔끔한 방이었다.

명이 말했다.

"아니, 이분이! 농담이었는데 정말로 방을 잡으면 어떡해요."

"갑자기 충동적으로 그만……"

명이 다시 말했다. 짐짓 딱딱하게.

"하지만 잘했어요."

명은 태주에게 키스했다. 태주는 명을 안고 침대 위로 쓰러
졌다. 불그레한 저녁 햇빛이 방안으로 가득 들어왔다. 태주는
몸을 일으켜 재킷을 벗었다. 명은 리넨셔츠의 단추를 하나씩
풀기 시작했다. 태주는 명에게 키스했다. 입술에, 뺨에, 목덜
미에. 태주의 입술이 명의 어깨로, 가슴으로 향했다. 리넨셔츠
가, 브래지어가, 청바지가 침대 밑으로 떨어졌다.

태주는 명을 등뒤에서 안았다. 햇빛이 엷어지며 어둠이 스
며들었다. 태주의 움직임이 격해졌다. 명의 신음소리가 짧아
졌고, 높아졌다.

명이 몸을 일으켰다. 어둠이 방안을 메웠다. 명의 움직임이

빨라졌다. 태주는 짧고 깊은 신음을 토해냈다. 명의 움직임이 서서히 멎었다. 태주는 명을 가만히 끌어안았다. 서로의 숨소리가 조금씩 낮아졌고, 길어졌다.

이윽고 명이 말했다.

"더 늦기 전에 저녁 먹으러 가요."

지하층에 있는 레스토랑에는 사람이 많지 않았다. 어둑한 실내 조명이 아늑한 분위기를 자아내고 있었다.

태주는 알리오올리오와 스테이크와 샐러드와 와인 한 병을 주문했다. 오래지 않아 음식들이 나왔다. 파스타를 맛본 태주는 고개를 갸웃거리더니 명이 만들어준 파스타만 못하다고 말했다. 명이 물었다.

"많이 오일리한가요?"

"안주로는 나쁘지 않은데 소스 문제는 아닌 것 같고……" 태주는 잠시 생각했다. "면이 좀 딱딱한 느낌이에요."

"제가 일부러 조금 더 많이 익히는 편이거든요. 그래서 그런가 보다."

"여러모로 그게 더 훌륭했어요."

"이런 칭찬도 아메리칸 스타일? 하지만 제가 만든 파스타가 아무리 훌륭해봤자 그걸 만든 사람만큼 훌륭하진 못하답니다."

태주가 웃었다. 명은 미소를 지으며 천천히 와인 잔을 돌렸다. 희고 긴 손으로 와인 잔을 돌리는 손동작이 세련되어 보였다. 와인 병이 비워져가자 태주가 물었다.

"올라가서 자고 갈까요?"

명은 고개를 저었다.

"그러고 싶지만 앨리스가 신경 쓰여서……"

호텔 밖으로 나와서 태주는 다시 명의 손을 잡고 천천히 명의 집 쪽으로 걸어갔다.

"앨리스는 잘 있어요?"

"그럼요."

"앨리스가 보고 싶어요."

"보러 와요."

태주가 말했다.

"오늘은 알레르기 약을 못 먹을 거라서. 하루이틀 뒤에 갈게요."

금세 명의 집 앞이었다. 태주는 명의 뺨에 키스했다. 명이 말했다.

"아메리칸 스타일 데이트, 좋았어요."

태주는 집으로 향했다. 생각에 잠겨 걷다보니 어느새 집 앞이었다. 계단에 걸터앉아 담배를 꺼내 물었다. 명의 마지막 말이 머릿속을 맴돌았다. 데이트, 좋았어요. 태주는 자신도 모르는 사이에 중얼거렸다. 나도 좋았어요. 그러나, 그러나, 그러나.

*

며칠 뒤 태주는 약국에 들렀다. 알레르기 약을 먹고는 명의 집으로 갔다. 오랜만이었지만 앨리스는 태주를 기억하고 있었다. 발치에 와서 뺨을 비비고는 사라졌다. 명은 커피를 내렸다. 거실 테이블에 커피를 내려놓고는 명이 걱정스러운 어조로 말했다.

"얼굴에 뭐가 나려고 해요."

"처방약이 떨어져서 약국에서 약을 사먹었는데 효과가 덜한가봐요."

"그거 참. 우리, 나가야겠어요."

앨리스는 어느 틈에 캣타워 위에 자리잡고 앉아서 태주와 명을 바라보고 있었다. 태주는 물끄러미 앨리스를 쳐다보았다. 앨리스는 마음을 열었지만 알레르기 때문에 앨리스를 가까이 둘 수가 없다. 면역 치료가 잘된다 해도 몇 년 뒤의 일이다. 그때까지 앨리스와 같은 공간에서 잘 지낼 수 있을까. 앨리스와 잘 지낼 수 없다면 명과 잘 지낼 수 있을까. 태주는 무거운 마음으로 말을 꺼냈다.

"만약에, 만약에 말이에요."

"만약에로 시작되는 말이로군요. 해봐요."

태주는 결국, 하지 말아야 한다고 줄곧 생각해왔던 말을 하고야 말았다.

"나하고 앨리스 중에 선택해야 된다면 누굴 선택할 건가요?"

"그게 무슨 말이에요? 왜 그런 걸 물어보죠? 왜 그렇게 물어보는 거예요?"

"대답해봐요."

"대답하지 않겠어요."

"대답한 거나 다름없네요."

명은 태주를 바라보았다.

"태주씨, 요즘 많이 이상해요. 왜 그러는 거예요?"

태주도 명을 바라보았다. 망설이다가 말했다.

"내가 많이 이상한가요?"

서슴거리다가 명에게 주지 못한, 아직 배송되지도 않은 후지로얄 전동 그라인더가 떠올랐다. 또 서슴거리다가, 그러나 결국 말하고야 말았다. 불쑥.

"내가 마음이 달라진 것 같아요."

태주가 이전에 경험했던 연애들이 모두 열정적이기만 했던 것은 아니었다. 오히려 그 반대였다. 불꽃이 튀었던 적은 명이 처음이었다. 다른 연애들은 모두 다 조용했고 차분했다. 말이 잘 통하는 편한 이성 친구와 섹스도 하는 식의 연애였다. 일상적인 느낌의 연애였다. 태주는 그런 연애가 싫지 않았다.

하지만 명과는 그렇게 할 수 없었다. 명과는 일상의 평온으로 지낼 수는 없었다. 명에 대한 자신의 극적인 감정이 극적으로 식어버린 것을 인정하기 어려웠다. 인정하더라도 그런 상태로 지낼 수는 없었다. 명이니까.

태주가 예전에 재하에게 화가 났던 것은 경 같은 여자를 그렇게 아무렇게나 만났기 때문이었다. 그런데 이제 자신이 명 같은 사람을 아무렇게나 만났다는 듯이 마음이 달라졌음을 말하고 있었다.

태주의 말에 명은 쓸쓸해 보이는 미소를 지었다.

"태주씨 웃음소리가 달라진 거 알아요?"

"어떻게?"

"태주씨가 소리 내어 웃을 때 남다른 특징이 있어요. 웃음의 끝이 미묘하게 굽이치듯 상승하는 느낌이 있거든요. 기분좋게 웃을 때 그랬던 거 같아요. 나는 그 웃음소리가 참 좋았어요. 살짝 치고 올라가는 느낌이 좋았거든요. 어쩌면 나 때문에 웃는 거라고 생각해서 좋아했는지도 모르겠어요. 그런데 그 웃음소리를 들어본 지 오래예요. 이젠 더이상 나로 인해 그렇게 웃지 않는 게, 내가 태주씨에게 웃음을 주지 못하고 태주씨가 내게 기쁨을 주지 못하니. 우리 벌써 다 온 것 같아요."

명은 말을 멈추고 깊은 눈으로 태주를 바라보았다.

"마음이 달라졌다고 말해줘서 고마워요. 이제 우리 그만 헤어져요."

떠나는 마음을 붙잡는다면 한두 번쯤은 붙잡힐지도 모른다. 그러나 얼마 뒤에 또다시 같은 이야기를 하고 있을 것이다. 그래서 차마.

흔들리는 마음을 붙잡아준다면 얼마든지 붙잡혔을 것이다. 그러나 얼마 뒤에 또다시 같은 이야기를 하게 될지도 모른다. 그래서 차마.

우리 그만 헤어져요.

명의 목소리는 크지 않았지만 묵직한 울림이 있었다. 명의 말에는 간명함과 단호함이 실려 있었다. 아름다움이 실려 있었다. 명의 말이, 명의 아름다움이 태주의 마음을 파고들었다. 그러나 태주는 그 아름다움이 결코 자신의 것이 되지 않으리라는 것을 알고 있었다. 아름다움을 외면한 이는 그걸 향유할 자격이 없으니까. 가져본들 오래지 않아 그 아름다움을 시들게 할 테니까.

봄은 길었다. 하루하루 세세하게 기억할 수 있는 날들이었다. 그리고 그 봄보다 더 길었던 여름이 있었다. 길어서 힘들었다. 힘들어서 길었다. 이제 끝났다.

태주의 눈에서 눈물이 나왔다. 왜 그때 갑자기 눈물이 나온 것인지 스스로도 알지 못했다.

앨리스 때문일까. 어쩌면.

명 때문일까. 어쩌면.

8. 굿바이

날이 지나고 달이 지나고 계절이 지나갔다. 해가 바뀌었고, 또 바뀌었다. 헤아리지도 않는 사이에 몇 번인가 더 해가 바뀌었다.

그사이 태주는 담배를 끊었다. 나날이 흡연 환경이 나빠졌다. 마당이 있는 단독주택에서 회사 부근의 오피스텔로 이사했다. 집에서도, 회사에서도 번번이 건물 밖에 나가 담배를 피우는 일은 번거롭기도 했다. 조금씩 적게 피우다보니 피우지 않게도 되었다. 피우지 않다보니 다시 피울 이유를 찾지 못했다. 피우지 않다보니 담배 연기가 싫어졌다. 굿바이 팔리아멘트.

그사이 잊지 못할 몇몇 날들이 지나갔고 아무것도 기억나지 않을 수많은 날들도 지나갔다. 시작하자마자 곧바로 끝난 연

애가 한 번 있었다. 태주가 비흡연자인 게 매우 마음에 든다고
말했던 그녀의 이름이 뭐였더라. 왜 끝났더라. 반년 가까이 지
속되었던 연애도 한 번 있었다. 그녀의 이름은 뭐였더라. 그건
또 왜 끝났더라.

　새로 옮긴 회사는 좋을 것도 싫을 것도 없었다. 물론 전자에
방점이 찍혀 있었다. 다만 이번에는 그만두어야 할 이유를 찾
지 못했다. 그만두어야 할 이유를 찾지 않았다. 그만둔다 해도
얼마 후면 다른 프로젝트로 다른 기업체에서 계약직으로 일할
것이었다. 한 다리만 건너면 서로 다 알 만한 사람들하고.

　회사와 관련된 대부분의 것들에 의미를 두지 않다보면 퇴근
시간이 다가왔다. 퇴근해서 맥주 한 캔 마시며 직장에서의 일
을 모두 잊어버리곤 했다. 더이상 하이네켄은 마시지 않았다.
굿바이 하이네켄.

　초록의 하이네켄뿐만 아니라 초록의 칼스버그도 초록의 칭
다오도 마시지 않았다. 초록이 아닌 아무 맥주들을 마셨다.

　가끔 거리에서 하양 까망의 길고양이들을 볼 수 있었다. 앨
리스가 보고 싶어지곤 했다.

　점차 어두워져가는 회색빛 하늘에 함박눈이 벚꽃처럼 흩날
리고 있었다. 태주는 합정의 사거리에서 신호가 바뀌기를 기
다리고 있었다. 그때 뭔가 희미한 빛 같은 것이 스치고 지나갔

다. 어떤 기시감 비슷한 것이 어딘가에 있었다. 혹시나 하고 태주는 횡단보도 앞 이쪽저쪽을, 길 건너편을 샅샅이 살펴보았다. 시선의 끝에 다다르자 태주는 숨이 멎는 것 같았다. 횡단보도 앞 많은 사람들 사이에 명이 있었다. 그리고 또, 명의 옆에 있는 남자도 태주의 눈에 들어왔다. 재하였다.

명이 희고 긴 손으로 머리를 쓸어올리고 있었다. 그때와는 달리 긴 머리를 한 명은 여전히 아름다웠다. 저 손길이, 저 뺨이, 저 입술이 닿았던 시간들이 떠올랐다. 또 벚꽃 잎이 흩날리던 어느 봄날이 떠올랐다. 흩날리는 벚꽃 잎들 아래에서 환하게 미소 짓는 명과 커다란 웃음소리를 내는 재하 사이에 있을 때 가장 행복했다는 생각이 들었다. 셋이 그렇게 같이 있던 모습은 태주가 직접 볼 수 없는 장면이었는데도 잊을 수 없는 영화의 한 장면처럼 선명했다. 스틸 컷이었다. 환하게 웃는 두 사람 사이에 있는 자신도 웃는 얼굴이었다. 그 장면이 자신의 삶에서 가장 아름다운 순간이었다. 그 짧은 순간에는 어떤 결핍도, 어떤 과잉도 세 사람 사이에 끼어들지 못했다.

신호가 바뀌었다. 명과 재하는 횡단보도를 건너기 시작했다. 태주는 그저 서 있었다. 물끄러미 그들을 바라보았다. 그들도 자신을 보았을까.

그 무엇보다도 갖고 싶었던 뭔가가, 영원히 가닿을 수 없는 뭔가가 눈앞에서 지나가고 있었다. 지나간 서른의 날들이, 청

춘과 비슷한 뭔가가, 인생의 한 시기가 사라져가고 있었다. 태주는 몸을 돌려 빠르게 걸음을 옮기기 시작했다.

* 본문에서 인용된 『안나 카레니나』의 출처는 각각 다음과 같다.

103~104쪽: 레프 톨스토이, 『안나 카레니나』 상, 이명현 옮김, 열린책들, 2018, 120~121쪽.

105~106쪽: 레프 톨스토이, 『안나 카레니나』 상, 이철 옮김, 주우, 1983, 157쪽.

144쪽: 레프 톨스토이, 『안나 카레니나』 하, 이명현 옮김, 열린책들, 2018, 58~59쪽.

작가의 말

특별히 감사를 전하고 싶은 이들이 있다.

편집자에게. 이번에는 김봉곤 편집자가 정성을 다해 살펴주었다. 좋은 편집자를 만나는 건 운이다. 이 글은 운이 좋다. 나도.

출판계약서에 도장을 찍고 실로 오랜 기간 동안 믿고 기다려준, 혹은 시간이 많이 지나면서 믿음은 매우 엷어졌겠지만 달리하기도 좀 뭣해서 기다려준 염현숙 이사에게.

지속적으로 연락하고 지내는 이들 중 서로의 십대 시절을 기억하고 있는 거의 유일한 친구 이민수에게.

그리고 이지현 선생에게.

의사인 그는 십 년 전 나의 할머니가 돌아가시기 전에, 또 오 년 전 나의 아버지가 돌아가시기 전에 가족도 하지 못할 정도로 마음을 다해 살펴주었다. 의사라는 직업의 가치를 일상적으로 담담하게 보여주는 그에게 깊은 존경의 마음을 가지게 되었다.

그에게 갚을 길이 없는 고마움을 내비쳤을 때 그는 이렇게 말해주었다. 너는 글로 다른 사람들에게 고마움을 느끼게 하지 않느냐.

글이라는 매개를 통해 느끼게 되는 작가에 대한 고마움이란 나도 익히 경험해왔다. 그러나 병과 죽음의 문제에 대한 고마움과는 차원이 다르다. 그에게는 갚을 수 없는 마음의 빚을 졌다.

다만 바라건대, 그의 말처럼 이 한 편의 소설이 누군가의 마음에 조금이라도 가닿을 수 있기를. 이 글로 누군가는 잠시라도 마음의 휴식을 누리기를.

2024년 여름

박현욱

문학동네 장편소설
원할 때는 가질 수 없고 가지고 나면 원하지 않아
ⓒ 박현욱 2024

초판 인쇄 2024년 8월 7일
초판 발행 2024년 8월 21일

지은이 박현욱
책임편집 김봉곤 | 편집 김영수 염현숙
디자인 김유진 이원경 | 저작권 박지영 형소진 최은진 오서영
마케팅 정민호 서지화 한민아 이민경 안남영 왕지경 정경주 김수인 김혜원 김하연 김예진
브랜딩 함유지 함근아 박민재 김희숙 이송이 박다솔 조다현 정승민 배진성
제작 강신은 김동욱 이순호 | 제작처 영신사

펴낸곳 (주)문학동네 | 펴낸이 김소영
출판등록 1993년 10월 22일 제2003-000045호
주소 10881 경기도 파주시 회동길 210
전자우편 editor@munhak.com | 대표전화 031) 955-8888 | 팩스 031) 955-8855
문의전화 031) 955-2696(마케팅) 031) 955-2660(편집)
문학동네카페 http://cafe.naver.com/mhdn
인스타그램 @munhakdongne | 트위터 @munhakdongne
북클럽문학동네 http://bookclubmunhak.com

ISBN 979-11-416-0112-6 03810

www.munhak.com